谷梅——著

男人的愛不是女人唯一的救贖

獻給

Mark Custance

目次

1 迷惘

梓婷正埋首於下個月的班表中。外籍教師尚恩預計在耶誕節時返回南非一個月，這段時間的課程還不知該排誰來代課。梓婷不自覺的伸直雙臂，雙手的指尖按摩著太陽穴，用力地打了個呵欠，一時驚覺時已來不及摀著嘴。四下張望，幸好今天下午沒有學生上課，沒有人看到她張著大嘴巴，完全沒有淑女的形象。辦公室安靜地等著放學時的熱鬧，好像是風雨前的寧靜。

梓婷將印好的通知單折疊整齊，更換教師得大費周張的一一發出通知，告知家長，說明原委，免得惹來怨言。上回忘了給通知，學生家長來電數說了一頓。所謂牽一髮而動全身，教師組長的名頭響亮，梓婷坐在這令人稱羨的位置上有多年了，但來來去去，日復一日的也是同樣的瑣務，周旋在教師，家長，成績和學生之間，說理陪笑，數著不屬於自己的鈔票。

是誰說過，每天做一樣的事，一定要有理由的？

梓婷的理由除了經濟的考量外，實在沒有更光明正大的目標。還好補習班的教師們感情融洽，偶而吆喝著飲酒吃消夜，倒有不少笑鬧喧囂的機會，得以自嘲解聊。

這是一個在九月秋高的某個星期五的下午，藍天中徘徊著數朵白雲，空氣中清亮的映著秋日的艷陽，乾爽迷惑著梓婷的心。不知道是什麼原因，每年的這個時候，總會讓她感到說不出的幽抑，好像身子裡一群叛逆的細胞，見不得和風拂拂，纖纖蝶影，吵嚷著要出走，要離開困頓的囚籠。

她放下筆，還是排不出該由誰來代課，雙眉微蹙。瞥眼見門口一輛遞送快捷郵件的車輛停下，補習班門前常有來來往往，接送學生或補貨送貨的車輛暫停，梓婷不以為意，兀自出神。快遞先生從車上拿出一個小包裹，站在門口核對門牌號碼，接著便直接進入辦公室，瞇著眼，看著梓婷，說道：

1 迷惘

「楊梓婷小姐的包裹。」

梓婷霍地站起，不小心將手中的簽字筆跌落桌面。

「您好。」

「這份包裹一定要由本人簽收，請問妳是楊小姐？」

「是，我是楊梓婷。」

快遞先生將包裹遞給她。

「麻煩妳在這裡簽上妳的全名。」

簽完名字後，梓婷懷疑的看了手中的包裹封面，鋼筆字跡，俊秀的筆劃，在梓婷名字的旁邊特別加註一排小字「請務必由本人簽收！」。她的心扭結了一下，微微刺痛，她知道是誰寄來的，她將包裹放在手提袋裏，坐回辦公桌。想著今天如果再不將班表排出來，主任恐怕會發飆了。

多年前的清明連續假期，梓婷和補習班的同事們一起去了趟墾丁，在春天裏吶喊著。一群愛酒，愛音樂，愛狂歡或放鬆的朋友們在沙灘上聽音樂，玩飛盤，烈日下呷著冰涼的啤酒，時而聞樂起舞，時而醉臥沙灘。梓婷第一次參加這樣的活動，既興奮又新奇，和朋友們穿著泳衣配著花裙，在遊人如織的大街上遊走，曬太陽。等到夜色染上月光，琉璃般的清麗照耀沙灘，音樂通宵響起時，梓婷跟著大家進入歡愉的舞動中。整個假期，梓婷幾乎是處於半催眠的狀態下，因為外號「楊一杯」的梓婷，在好樂好景的引誘下，偏偏一杯接著一杯，因此很多時候，她根本不太清楚節目是如何進行，和誰說過什麼話，幾點回到飯店，幾點又莫名其妙的起床。四天三夜，在朦朧又亢奮的節奏中輕緩渡過。梓婷從來沒有感到如此放肆，卻又極度緊繃的情緒，蕩漾著奇妙的快感，好像逃離了正規的世界，和一群陌生又熟捻的年輕男女，躲在無人的海邊，釋放野性的內在。

第三天的夜半，海邊架著高大的營火台，一個本土樂團唱起林強的「向前行」。梓婷半句台語也不會，偏愛林強這首歌。尤其唱到「向前行」這三個字時，她總會如中邪般的跟著大唱「喔…向前行…」。這天晚上，他正好站在她身邊，一起唱著，兩個人幾近聲嘶力竭的跟著樂團喊著，跳著，不約而同的狂笑，互相擁抱。向前行的音樂仍在狂飆，他們倆卻像一對飢渴的靈魂，從對方的身上找到了自己的另一部分，彌補了一塊缺角。

營火熊熊燃燒，乾柴霹啪作響，他牽著梓婷的手一起回到飯店，他們就這樣把自己交給了對方。

他的名字是段正剛。

2 初識

梓婷返回台北，正剛返回高雄，墾丁之夜變成如夢似幻般的意外插曲。面具重新掛上後的彼此，顯得陌生而拘謹。除了彼此的姓名及手機號碼，其他的部分一無所知。梓婷回到工作崗位，週一至週五除了自己的課，還得代其他教師的課，難得有休息。正剛在旅行社工作，時常帶團出國，彼此要連繫也不是容易的事。當然，真要有心，不是沒有見面的機會，只是缺少了按步就班的交往程序，顛倒過來的步子走起來特別艱難，好像還沒有掏心掏肺的，便先裸裎相見，要回頭彌補這塊空白的區域是說不出的彆扭與不安。

還好的是，日子依舊向前走，像林強的歌，時間慢慢的撫平了關係上的菱角，好似甜膩的珍珠減為半糖後，奶茶變得滑溜且更順口了。

正剛第一次到台北來找梓婷的那天晚上，她正和朋友在酒吧喝酒聊天，她的好友筑妮剛從印度渡假回來，說著這三個月來的見聞。梓婷的精神正放鬆，握著一杯快見底的血腥瑪莉，好奇的聽著筑妮旅行的事，手機鈴聲響了數聲她尚未回神過來，直到隔壁的小陳幫她拿起手機貼到她耳邊時，她才恍然大悟，是正剛打來的電話。

「妳在哪兒？我現在在台北了，方便去看看妳嗎？」

「當然啦。我正和同事們參加在職教育訓練的課呢，我們主任正在教我們如何接聽電話，櫃檯禮儀這些⋯⋯」

說著，梓婷自己都忍不住咯咯竊笑，筑妮聽到她這麼說，拿起琴酒敬了她，在她面前一飲而盡，更讓梓婷笑彎了腰。

「不管妳在哪裡，我都想見妳⋯⋯」

正剛慎重的口氣讓梓婷收住了笑，她拿起空杯裡剩下的一根西洋芹，敲了筑妮腦袋一下，酒水滴濺到自己的面頰上，筑妮卻一步向前，輕舔了梓婷的臉頰。梓婷張大了口，做出要揍筑妮的樣子，筑妮沒理她，拿著芹菜向酒保揮著，再幫梓婷點了第二杯血腥瑪莉，她自己要了瓶可樂娜。梓婷一時恍惚，電話的那一頭似乎也靜了。隔了半晌，正剛的聲音像是一波急捲而至的海浪，毫無預警地弄濕了梓婷的雙足。

「我有打擾到妳嗎？」

梓婷跳了一下，說：

「別傻了，打擾越多越好。」

她隨即將詳細地點告訴正剛，掛斷電話前，正剛還一再叮嚀：

「妳一定要等我，不可以先走喔！」

掛上電話，筑妮將啤酒拿到她面前，梓婷立刻將檸檬片推入瓶內。她總是幫筑妮做這個動作，她喜歡看著氣泡在瞬間像跳舞般，將一瓶死氣沉沉的啤酒給喚醒一樣。筑妮微笑的看著她，好像經由梓婷的纖纖妙手，可樂娜搖身一變，變成了陳年威士忌，可飲，可醉，可以輕易的在酒館裡銷磨一世的光陰。

梓婷穿著黑色的貼身性感洋裝，高跟鞋的前端貼著亮麗的廉價珠鑽，和她的一對耳環互映，試圖在花花世界裡搶佔一個角落。紅絲帶紮綁著一條馬尾，隨著梓婷的晃動，倒像是一匹蹦跳的小馬，揚著尾巴要向青青草地喧嘩著她的歡愉。她不是愛裝扮的女人，走進補習班時，她永遠是一套粉色襯衫，搭配著深藍色的直筒西裝褲。這種同款式的衣裳，在她的衣櫃裡佔了五分之四，因此就算老天不眠不休的下一個月的春雨，她也有新鮮乾燥的衣著穿去上班。剩下五分之一的位置，放著另一個自己。那是離開工作崗位時的梓婷，一個只穿短裙，不喜歡理人，不愛說話，不想說英文的單身中年女子。每次和筑妮出來喝酒，她都忍不住的放肆一番，只有和筑妮在一起，她的世界可以保持和平，即使只有百分之二十，她也不用增加自身的重量來維持天秤兩端的平衡。

補習班裡的數學老師小陳心儀梓婷，曾約她出去用餐，不過僅此一次，梓婷便發誓再也不給他機會了。

梓婷選了一家氣氛浪漫的義大利餐館，小陳居然毫無概念的點了墨魚麵，吃得滿嘴烏黑，紫婷一邊和他說話，一邊看著他黑色的嘴唇和牙齒，著實讓她哭笑不得。再加上他文靜得過分，梓婷只好拼命找話題，吃頓飯讓她累得像是參加了百米賽跑，一頓飯讓梓婷見了他就躲，躲不掉則裝傻，絕對不和他對到眼神。

班主任則是絕不上聲色場所的標準學者型主管。所謂聲色場所，在他看來，可以抽煙喝酒的就屬於限制級的地方。他也喜歡約梓婷出去聊聊，總是去有著國樂背景音樂的茶館。梓婷併攏著雙腿，斜斜側坐倒茶喝茶，抿著嘴笑著，和主任說著當前教育的趨勢，教改的利弊。梓婷一回到家，放著麻痺了的雙腿在熱水盆裡，將Lady Ga Ga的音樂開到震天響。她後來就儘量窩在家了，如果不在家裡，就是在往補習班的路上。如果不在補習班，就是在往家裡的路上。

她自嘲是一個沒有什麼朋友或飯局的老女人，然而自從認識了筑妮，她除了上班，也開始有了下班後的生活。

筑妮在梓婷的生命中佔有一個極重要的角色，筑妮替她開了一扇門，而這扇門剛好開在正剛和梓婷的命運之流相交集的時候，筑妮給梓婷一個宣洩的地方，讓她不至於因為水流湍急而載浮載沉。

也因為有了這扇門，梓婷得以順勢而行，到達一處她想也想不到的境地。

3 窗外

筑妮是補習班的英文老師，和梓婷算得上是多年好友。梓婷剛踏入補教界時還是個學生，暑假時工讀，在補習班當英語助教。助教的工作其實只是協助外籍老師管秩序，在小朋友們搞不清楚狀況時，在教室後頭用中文嘶吼著，叫他們安靜或坐下，或轉譯上課教師的意思。下課後她幫忙收作業，批改作業，做電話教學。工作不輕鬆，但是並不困難。單純，有趣，看不同的老師上課讓她獲益良多。筑妮就是她在那時候認識的外籍老師。

第一次看她上課，梓婷便驚為天人。她書包裡有滿滿的教具、玩偶、圖卡和字卡等，將上課的氣氛帶得毫無冷場。只見她又唱又跳，小朋友似乎置身在英語課的狄斯奈樂園，只見雲霄飛車慢慢爬高，一陣轟隆，驚叫聲四起，筑妮的圖卡滿場飛舞，搶到卡片的要立刻讀出上面寫的英語句子，答對的小朋友得到筑妮畫在白板上的蘋果，沒搶到也沒答對的，鱷魚的大牙侍候。梓婷坐立難安，跟著孩子們享受學習的樂趣，她不知道原來上課可以這樣好玩。

這段期間，只要有筑妮的課，梓婷必定準時報到，即便不是她任助教的班級，她也央求其他助教讓她進去看課。

筑妮如何不知？

梓婷的臉閃著光影，注視她的眼神充滿著孩子好奇又幾近崇拜的瑩亮，筑妮漸漸習慣於梓婷坐在教室的一隅，看著她專心的上課。如果梓婷沒來，筑妮倒覺得缺少了什麼，心思被輕輕攪動了。

筑妮的中文能力是上不了檯面的彆腳，口音、四聲和字辭的順序，怎麼說就是不對勁。雖然是在台南出生，但不到五歲時便隨著家人移民美國，別說中文繁體字忘得一乾二淨，說中文時，還會引起別人的竊笑或諷刺。好像只要是黑眼黃皮膚的人必定得會說中文似的，尤其聽說她是在台南出生，不輪轉的中文能力便像是一個罪愆。又如果知道她是外語教師，大家又希望拿她當練習的靶子。她就算想多說中文，也少了許多機會。因此在這種中文能力被嘲笑，英文能力被利用的情況下，筑妮除了補習班同是外師的朋友外，她沒有幾個說中文的朋友。

從學生時代起便週遊列國的筑妮，最愛的是約翰藍儂的歌曲「Imagine」，想像著世界上如果沒有國家多好。她懶得解釋國家觀念或民族意識的議題，會不會說母親的語言和她愛不愛她的母親是完全不相干的兩回事兒。台灣是她的老家，是夜半三更可以吃到烤香腸的福爾摩沙。美國也是她的家，讓她受高等教育，開放了她的視野與胸襟。她拿的是美國護照，說的是道地的英語，這些方便她看世界，也是她養活自己，賺錢去旅行的最佳工具。

在暑假要結束前，上完筑妮的課，梓婷鼓起勇氣對筑妮說：

「妳教得真的很棒！」

梓婷用中文說，一邊翹起大姆指。她想，不論筑妮聽不聽得懂，她一定能瞭解她所要傳達的意思。

筑妮訝異梓婷沒有說英文，因為所有的助教都會逮住機會找她練習說英語。她高興的用中文回答：

「謝謝妳。」

她一邊收拾教具，梓婷也自動幫她擦白板，收圖卡。筑妮對梓婷的反應是驚駭過頭，她居然沒有露出驚訝的表情，像所有接觸過她的人會說的：

「妳的中文說得很好。」

雖然她可能只說兩三個字，像「麻煩你」或是「不客氣」。

或是像所有接觸過的人可能也會說的：

「妳說中文的口音很奇怪。」

意思很明白，就是雖然她長得和大家一樣黃膚黑髮，但怎麼中文說得這麼不像話。

梓婷視筑妮為一位普普通通的「人」，不是「台灣人」，「外國人」

或是「香蕉人」，這讓筑妮感到異常的親切。她邀請梓婷在週五下課後一起去喝一杯，而梓婷亦欣然前往。

自此以後，筑妮的中文能力日進千里，兩個人一見面便滔滔不絕，她們是工作夥伴，也是親密朋友；筑妮是梓婷生活的窗口，有了筑妮，窗外的景色和她從前看得不一樣了。

4 冷眼

酒館裏爵士樂聲緩慢的流洩在燈紅杯影中，正剛走進來的時候，筑妮和梓婷正隨著低沉的薩克斯風，輕扭腰肢，沉醉其中，對於正剛的到來渾然未覺。正剛輕輕的走近她身旁，低聲的喊了聲：

「阿梓。」

這是正剛對她的膩稱，世界上唯一的，只有眼前的這個人會如此叫喚她。在擥丁相擁而眠的隔天一早，正剛問起她的名字後，就決定叫她「阿梓」，這讓她想起「阿紫」，有著強烈性格，深愛著喬峯的女子。她原是討厭阿紫這個角色的，但不知怎地，從正剛的舌尖吐出的字，卻像是被溫燉過的，阿紫的邪與惡被轉化成堅貞的愛與永世相隨的柔情。她自在的接受正剛的呼喚，也只有他可以喚醒她內在的野性，可以和她一起高聲吶喊。

梓婷轉身見到正剛笑吟吟的望著自己，她挽起他的手臂，向身邊的友人介紹：

「這是我的男朋友，段正剛。」

正剛的眼神露著驚喜，深深的注視梓婷一眼後，向大家一一握手問候，隨即請侍者開瓶紅酒請梓婷的朋友。梓婷覺得正剛是一位見過世面的沉著男子，平頭、濃眉、國字臉，標準大丈夫的形象。

筑妮扯著梓婷的衣袖，問道：

「妳什麼時候有男朋友，我怎麼不知道？」

梓婷聳聳肩，笑答：

「我本來也不知道，今天看到他才知道的。」

正剛則緊握梓婷的手，轉頭對她說：

「謝謝妳。」

梓婷明白他的意思。

這樣的夜裡，正剛千里迢迢來到她的身邊，使得身邊的一切光影都活絡起來，他們像是古時媒妁之言下婚配的少年夫妻，在絲竹管樂聲中熱熱鬧鬧進了洞房，一夜之間成了最親密的人，僅管陌生與不安仍舊在房內穿流，但一點點的，他們開始理解對方，即使是一個眼神，一個肌膚的碰觸，也暗藏著驚喜，不經意間，兩個人都習慣著對方的存在，肯定了彼此的地位，因為是緩慢的步調，所以佈滿著和風般的味道。

自此，正剛正式的進入梓婷的生活。

五年來，和正剛的相聚，少不了天雷地火，情慾燎原。生活裡的瑣碎點滴，因為南北相遙，和他們的愛情便沾不上邊，也少了尋常夫妻鬥嘴爭吵的機會。正剛與她同屆不惑之年，成家立業似乎是理所當然，但是梓婷身邊多得是不婚一族，隨便問問，年過四十還獨來獨往的著實不少。雖然親朋好友們彼此將擇偶的標準已下修至鰥寡孤獨廢疾者皆可相親，甚至有拖油瓶的更好，自己可以少了傳宗接代的壓力，但是真正步入禮堂的，多年來還沒有半個。

筑妮還比梓婷大兩歲，經濟獨立，逍遙自在，周遊世界各地，一直讓梓婷羨煞不已。已步入婚姻的朋友，生活被孩子追著跑，奶粉尿布還算事小，長大後的學業、考試、交友、事業等等，擔的是一輩子的心。

當然，走到離婚的也不在少數。

梓婷冷眼看著周遭的人聚人散，苦樂甜酸。

一個人過日子，不見得寂寞悲涼；

二個人走在一塊兒，也不見得快樂幸福。

而今世事混亂，資源匱乏。她想著，還不知全球暖化會將人類的未來帶到什麼地步呢？

正剛不提未來，她正求之不得。五年不算短，但也不至於到刻骨銘心的境地。終身有多長，誰也不知，就讓青山綠水，順其自然吧。

5 邊緣

一個週日的晚上十點，梓婷剛送走正剛。她沖個熱水澡後，躺回床上，拿起遙控器隨便轉到新聞台，電視的聲音一瞬間充塞了整間臥房，好像突然間變熱鬧了，但仔細一聽，其實是孤靜無聲。

梓婷抱起枕頭，想起他的溫柔與熱情，不禁感到淡淡的悲哀。走在一條沒有指標的山路上是需要一些勇氣的吧。

正剛每次離開，對梓婷而言，似乎是歡送他奔赴一個遠大的前程，她幻想著也許他就不會再回來了，好像一切都已經成為過去，這樣的別離就有了悲壯的意味，梓婷的苦也就可以昇華了。

他總會說：「我會盡快回來看妳。」

梓婷沉默，這是她的方法，她不要讓正剛看到她軟弱的地方。

無言代表不在乎，或是冷淡，或是抗議。很多時候，梓婷自己也不是很清楚。

正剛在高雄，梓婷回復到一個人的生活，回復到漫漫無期的等待。她恨自己自怨自憐，在正剛面前，她是絕不示弱的。只是，總會在某些不經意的時刻，床頭枕被中，正剛的餘溫會觸動心底的虛空。

這一天，電視裡正播放著日本捕鯨船隊準備前往南極洲附近海域捕殺一千多頭鯨魚，包括五十頭瀕危的座頭鯨。日本捕鯨船隊首次出海捕殺座頭鯨，也是規模最大的一次。受到各國強力反對，除五十頭座頭鯨，船隊另將捕殺九百卅五頭小鬚鯨及五十頭長鬚鯨。

座頭鯨，不就是大翅鯨嗎？最會唱歌的鯨魚。

梓婷無法想像捕殺如此巨大又溫柔的鯨類。

人類怎麼能對在海中悠游歌唱的鯨豚，發射尖利的槍靶，讓鮮血染紅汪洋，讓歡樂的古老吟唱，變成一首首的輓歌？

梓婷坐在床上，兩行清淚不禁順頰而下，她抱起枕頭，索性埋頭痛哭。

燈是亮的，電視裡的新聞接續著的是無止盡的殺戮與血腥，眼前的和遙遠的嚎哭彼此呼應。雖然每日依舊起床與入睡，上班下班，中間加上三餐，梓婷覺得自己對這個地球毫無貢獻。平常的日子裡，她不太去想這般嚴肅的話題，總不能沒事抓著朋友說起北極熊即將消失的現實讓她心碎。她也儘量不去想著，這世界上有多少角落，生靈塗炭，生態浩劫。因為只要想起這些，她便開始懷疑自己所作所為有何意義？

她的日行工作只是不斷的盯著孩子寫學校的功課，逼著他們學著可能一輩子也用不到的英語。她曾經問過筑妮，如果讓孩子背會了「鑲嵌」「引用」「感嘆」「借代」「設問」「擬人」「類疊」「排比」「雙關」後，會對身邊的流浪狗多施以一個同情的眼光嗎？

她又問，如果我們背熟了日治時期的建築物是臺灣大學；明鄭時期的建築物是臺南市孔廟；荷西時期的建築物是安平古堡；清領時期的建築物是瑠公圳；台灣最長的河川是濁水溪；東部最重要的農產區是花東縱谷平原；適宜泛舟的地點是秀姑巒溪……

然後，然後我們聽到鳥聲啁啾，聞到路旁不知名的野花散發的清香，聽到溪水潺潺，蝴蝶飛舞，我們的內心會發出讚歎嗎？

我們逼著孩子背單字，熟悉動詞三態，最終不過是要應付考試的成績分數，當他們看著世界地圖，卻不知道成為考試機器並不能讓語言化為想像的力量，七大洋，五大洲，在學習的過程中可會變幻成孩子們的翅膀？

……

筑妮常常聽著梓婷絮絮叨叨，不清不楚，不明不白的話後，總是一句話：

「走罷，一起去喝一杯。」

紅色的海洋點燃她壓抑的悶苦，梓婷就這樣任思緒胡亂雜沓，撕扯她無序的腦漿。也是在這極度混亂的狀況下，電話鈴聲震耳般的刺進梓婷的耳腔，她的身子整個彈跳起來，有幾秒鐘的時間，她楞在床沿，看到桌上的時針指向凌晨兩點，不禁看了一下來電號碼。

正剛？有沒有搞錯？他是絕不會在半夜三更撥電話給她的。難不成有什麼要緊事？偏偏選在自己瀕臨崩潰的邊緣？

6 事實

梓婷的視線還放在電視螢幕上，一邊拿起話筒。

「……」

梓婷拿起話筒後，並沒有立刻回答，她聽著正剛的呼吸聲重重的傳過來，她可以感受到沉重的壓力，電話中的彼此距離遙遠，然而卻又似乎近在身邊。

科技究竟是縮短了人類的距離，還是建構了不真實的親密關係，將之擴大，讓人們誤以為能隨時隨地看見或聽見彼此，就代表了瞭解，或是坦誠，或者是控制？

她在床緣坐下，正剛終於說話了。

「梓婷，我對不起妳。」

梓婷坐正，將話筒換至另一邊。

她等著，她幾乎可以預期他要說的是什麼。

「阿梓，妳聽我說，我很早就想告訴妳，可是每次見到妳，我就是說不出口，我怕妳會離開我。」

正剛的聲音哽咽，似乎說不下去了。

梓婷在一瞬間似乎明白了事情的始末，正剛為什怕梓婷會離開他？

他們既不是夫妻，也稱不上同居的男女朋友，充其量是一對成熟交往，談得來，有著親密關係的異性朋友。

浪漫長夜，燭光晚餐，肉身的結合不代表相知相契。

彼此喜歡不代表能夠終身相依。

正剛從不過問梓婷的生活，梓婷也從不干涉遠在高雄的正剛，他的人際關係或交友狀況。一千八百多個日子裡在心底放著一個人，說不在乎，畢竟是自欺。只不過，正剛卻偏偏選在這樣的一個深夜，梓婷正為著地球的前途哀悼，鼻頭眼圈仍然紅腫，淚水靜靜地滑落面頰，聽到他哽咽的聲音，讓她感到不值。

「我對不起妳！」正剛喘了一口氣，繼續說道：

「我是一個有家庭的人了，在墾丁見到妳時，我已經訂婚。現在我的女兒已經快滿三歲了，我不能再過這樣的日子……妳會原諒我嗎？我並不想騙妳，我是真心愛妳的。」

正剛在那頭已經痛哭失聲，幾近嚎啕般的歇斯底里。梓婷的面頰再度淚洗，她從來不曾聽過或見過男人哭泣，她握著聽筒的手在顫抖著，她抬頭一看，這才注意到電視螢幕還亮著呢。她望著擺在電視機上的玻璃瓶，因著淚光，忽地變得迷離了。瓶內插著兩株黃金葛，淺綠色如心形般的葉片垂落在瓶緣，矮淺小巧的寬口瓶內有幾粒碎貝殼和細沙，那是他們在墾丁相遇的紀念品，也算是個見證吧，證明曾有的一切並不是一場夢，然而有了見證又如何？若讓瓶水自然乾涸，黃金葛的心葉也將枯萎，失去海水的貝殼與沙粒，它們存活的意義將會是什麼？

夜間新聞正重複的播放，一樣的主播，一樣的誇張語氣。

跑馬燈般的小字在銀幕上飛舞：

日本捕鯨船隊——捕殺——座頭鯨——絕種——綠色和平組織——抗議——南極——科學研究……

瀕臨絕種——鯨魚——獵殺——船隊——瀕臨絕種——鯨魚——獵殺——船隊……

梓婷淚如雨下，她對著電視螢幕說：

「正剛，日本的捕鯨船隊已經出海了，該哭的不是我們。」

梓婷說完這句話後，輕輕的掛斷電話，好像不要讓正剛知道似的，讓他繼續在另一端流他的淚，說他的話。

7 疑惑

梓婷在房間裡踱步。

梓婷走出房間，梓婷走到前院。

這間在頂樓加蓋，租了四年的房子，位在深深的巷弄中。五層樓房的社區十分老舊，卻是鬧中取靜。當時梓婷曾拉著筑妮來幫她看房子，也是為了安全上的考量，不想孤身一人，畢竟社會新聞看過不少。

第一次和筑妮爬到第六層，看到這間小巧的房子時，因喘不過氣來，在彼此的嘲笑聲中便看上了，簡簡單單的，好像小房子已經等了她們很久了。八坪大的空間也能分隔出臥室、客廳、書房及廚房，梓婷不得不佩服房東的厲害。筑妮住在這個社區，她和另外三位外籍教師合租整層公寓，就在隔壁棟，她很喜歡這裡的環境，離補習班也近。當她知道梓婷正在找房子時，看到此棟一樓貼著紅紙，寫著「頂樓出租」，立刻打電話告訴梓婷。

筑妮說：「來做我的鄰居吧。」口氣就像是「嫁給我吧。」那樣，也不激動，也沒有意外，等著已經知道的答案。

當天她們一下課便衝過來了，抱著非我莫屬的姿態。

就這樣，梓婷和筑妮變成鄰居，但是筑妮很少來梓婷的新窩。她說：「只要一想到要爬六層樓，我的腿就軟了。」

頂樓加蓋的只有她這一間，所以除了偶有到頂樓曬棉被的房東或鄰居外，這片空地等於是她的私人前院。正剛來過夜的日子，他們常常坐在前院乘涼。如果是萬里無雲的天氣，頂樓的月光流瀉，正剛會煮一壺上好的花茶，和梓婷品茗賞月。

馬鞭草，薄荷，檸檬，迷迭香……，香氣氤氳。

正剛在團團的月色下飄著花草香味而來，而今他也將隨著花草香味而散去。

她坐下來，試圖整理這一晚雜亂混淆的思緒。

正剛什麼日子不說，卻偏要挑今天？今天晚上，讓他們的點點滴滴比起電視畫面播出的血染汪洋，變得毫無意義，也因此是說不出的舉無輕重。她如果再度流淚，為的不會是正剛，她不禁啞然失笑。

眼前除了屋裡透出的微光外，一片漆黑。黑暗裡望不到盡頭，如果不是屬於她的前院，她不會知道黑夜的盡頭藏著什麼。其實黑暗的盡頭近在咫尺，但是她只願意在光影裡想像著。

黑夜有多深？
無盡是多長？
汪洋裡的座頭鯨的歌聲，
可以傳到什麼樣的遠方？

梓婷坐在黑暗中，內心無比激動。結束一段情比她想像得困難得多。她試著回想和正剛在一起的日子，卻是一片空白。佔據她的腦海的是新聞中那氣孔噴出的水柱，是那巨大的鰭，蝶狀的巨尾在海面上拍打出亮晶晶的水珠，梓婷幾乎可以感受到那股能量。在人類尚未出現以前，牠們的歌聲已經在天地間迴響，而今卻無法容於這顆原屬於牠們的藍色星球。

在世界上的幾十億的人口中，她生長在台灣。在台灣的千萬人口中，她與他在墾丁相遇。認識，結合，然後分手。

頂樓的小房間彷彿還留著他的氣息，她還能不能獨自坐在前院品茗，回想他說著旅行的趣事呢？她什麼也沒有能留住。只剩下記憶，和他在電話裏的哽咽聲。

梓婷不知道自己是何時睡著了，迷迷糊糊中好像正剛還在她的身邊，她睡到隔日中午才醒來。醒來時發現枕頭一片濕，另外還有幾滴紅色的印子。看起來像血跡，但是顏色偏粉紅，在白色的枕套上就沒有那麼觸目驚心。

梓婷望著紅印，充滿疑惑。

她在鏡子前面細細地檢查自己的面頰，是否有破皮的地方。但是除了哭了腫脹的雙眼，她沒有找到任何可能流血的小傷口。

8 分手

隔日梓婷幫尚恩代課，從下午二點一直上到晚上九點，她故意將課全部排給自己，這樣她就不會有空檔想著昨晚發生的事。

下樓時，她很驚訝筑妮還坐在辦公室，筑妮的課早她一個小時就結束了，她是那種一下課便準時衝出補習班，絕對不多做逗留的那種老師。她說她有自己的人生要過，想佔用她的人生，得拿錢來買。

梓婷看了她一眼，沒有表情。

她將教具放回抽屜，白板筆插回筆筒，課本放回書架上，弄得每一個動作都乒砰作響。

筑妮靜靜地看著她，等到梓婷已經在整理桌面，進行最後的動作時，她說：

「喂，我在等妳，來我家坐。」

梓婷對著桌面說：

「禮拜一耶，算了吧。」

「就是因為是藍色的星期一呀。我們都需要喝一杯。」

梓婷沒有回答，她收拾好最後幾份點名夾，拿起背包及外套，看著筑妮，示意她離開。筑妮慢吞吞的起身，將椅子放好後，走至門外，梓婷和二位櫃檯小姐招呼後將門帶上，她們二位會做最後的清潔及整理。

梓婷走著，筑妮跟著她，倆人也不說話。經過捷運站，她們並沒有走進去，像往常一樣搭捷運回家。雖然只有二站，但是真要走起來，說近也不盡然。梓婷和筑妮並肩走著，她故意彎進一條暗巷，筑妮也不問，還是跟著好好的。

悲傷或歡喜的成因可以是一瞬間形成的，也因此在某一個時刻，一句話，一個動作，或經過唱片行剛好聽到一段熟悉的音樂，都可以在心底劃出一道傷口或開出一朵花。筑妮緊緊跟著梓婷的腳步，她的細碎的腳步聲，輕輕地敲著，讓梓婷防衛的心牆慢慢的坍塌。

梓婷好玩心起，竟在人行道上蛇行起來。人行道細窄，人又多，要跟上實屬不易。偏偏筑妮是吃了秤鉈鐵了心，定要跟她耗上。只見倆人越走越快，到最後索性奔跑起來。一跑起來後，倆個人便笑開了。一直跑到號誌燈的小紅人立正時，她們在路旁的花檯坐下，不住喘氣。

「怎麼了？願意說嗎？」

筑妮先開口，伸手拍拍梓婷的肩。

梓婷大口吸氣，頭低垂著。過了良久才回道：

「沒有什麼啦，我和正剛分了。」

梓婷眼睛望著等著過穿越道的行人，時候也不晚了，依舊有著人潮。有時候她會很詫異，過著夜生活的人真是不少。這些男女老少，有些看來和她一般，是剛下班的模樣，疲憊無奈，面無表情。有的是剛約會完，彼此手挽著，頂上還掛著愛的光環，這種人的眼神都是目中無他人，只有對方的。剛逛街採購的人，則會東張西望，看看身邊的人的衣著，比較彼此手裡提著的戰利品。剛補習完下課的大孩子們，如果是隻身一人，眼睛總是直直的望著，望著的似乎是綿綿無盡期的前方。

綿綿無盡期的前方……

筑妮呢，睜著大眼看著她，她緩緩地伸過手臂，拉起梓婷的手，緊緊的握著。

梓婷想起昨晚，悲從中來。

她的淚灑在座頭鯨優美的蝴蝶狀尾鰭，晶瑩的水珠飛濺，天地間揚起歌聲。

她突然好想離開這個地方，去看看藍天裡的明月，汪洋中的清光。

不知道坐了多久，筑妮不停地遞上衛生紙。

梓婷止住了淚，深深的吸了一口氣，轉頭對筑妮笑著。

「我跟妳說，妳不要昏倒，我是在哭昨天晚上的新聞。」

筑妮露出不解的神情。

「新聞？」

「我正看到日本補鯨船的事，妳知道他們出發捕鯨的事嗎？」

「當然，我有個朋友還是世界綠色和平組織的工作人員，他們早就嚴加戒備，準備打仗了。」

「真的？打仗？他們能阻止嗎？」

「從前不是沒試過。有什麼能夠阻止人們殘暴的行為？唉！說來話長，這跟妳和正剛有什麼關係？」

「說起來也算他倒楣。我看到新聞後，難過到不行，正哭得死去活來，他打電話來時自己也哭了，所以啦，我就說這有什麼好哭的，鯨魚才應該哭呢，然後就把他的電話掛了。」

筑妮停頓一會兒，似乎在想著梓婷說話的內容，接著一聲噗哧，大笑起來。梓婷也跟著笑了，笑得不可遏抑。

小人慢走，小人加快腳步。

小人立正，小人又重新起步。

9 吶喊

紅燈綠燈黃燈閃爍，在風中，映照著不同的行人的面龐，也帶給梓婷奇異的感受。從吶喊的那一天開始，她的心便漸漸的不安。她並不清楚原因，此刻卻突然明白。

正剛的工作是導遊，和他在一起時聽到最多的就是他帶團出國見到的人事物，吸引她的是正剛所接觸的那一個世界。認識筑妮後，接觸的又是不同的文化，加上她見識廣博，從學生時代便自助旅行，從她口中說出來的故事又是不同的風土人情。這些足印橫跨各洲痕跡的故事，在她心底也漸漸踏出了形。

這個形是一個開闊的天空。

她的不安是無法定下來的，好像天下那麼大，她怎麼能窩在自畫的方格中，連海洋都不去依偎一番。正剛用他的眼睛幫她看世界，她此刻回頭去想正剛的臉型表情，他慣用的手勢，卻是一片模糊，但他說的故事都進到梓婷的腦海裏了。

梓婷看著身邊的筑妮還笑個不停，說道：

「喂，別笑啦。妳還沒問我，為什麼我們分了。」

筑妮立刻收起笑容，故作嚴肅狀。

「我猜猜看。嗯……他已婚，不然就是要結婚了，只是新娘不是妳。」

梓婷睜大眼睛望著好友，半晌說不出話來。

「不用佩服我。妳們認識這麼久，一南一北沒個兒進展，除了工作，妳也不瞭解他，他也從來沒有約妳去高雄玩，他在那裡一定是有自己的家庭的。」

「唉，也許我心底早就知道，只是不願意承認而已。」

是嗎？梓婷在心底問自己。

生命中突然地闖進來一個人，一起分享生活裏的酸甜趣味，一起在對方的身體裏汲取養分，然後就結束了。如果正剛不說，他們仍然可以繼續，正剛並沒有真正提出要分手，但是梓婷知道他自己也已經不能忍受活在謊言裏了。

然而，梓婷要實話嗎？

她要實話做什麼？

實話能拿來餵飽她的肚子？充填她的孤單嗎？

有了實話代表真心真意了嗎？

真心真意亦無法永久。

她在他的面前，不曾掉過一滴淚。

而他，卻將所有的淚水在一夜間流盡。

夜晚的風總是在清涼中帶著寂寥的味道。

梓婷和筑妮靜坐了好一會兒，直到過馬路的人已經都消失了，筑妮起身，伸出手，放在梓婷的面前。梓婷站起來，並沒有拉著筑妮的手，她拍拍衣服，說道：

「去妳家喝一杯。」

筑妮的臉盪出笑容，回道：「人生莫放酒杯乾。」

梓婷搥了她的肩膀，笑說：「不錯嘛，中文越來越進步了。」

筑妮作勢撩起裙襬，雖然她穿著牛仔褲，她擺出舞者謝幕的姿勢，對著梓婷說：

「明師出高徒，請受學生一拜。」

說著真的就要跪下去了，梓婷大驚，跟著小綠人的腳步，跑在斑馬線上，一邊回頭喊著：

「完了，還沒開始喝你就已經發酒瘋了。」

筑妮看著已在對岸的梓婷，獻給她一個飛吻。

人生真是一串說不完的故事，即使自己沒有在劇中，看著身邊人來人往，也會驚訝於人性的多種面貌。像梓婷，像千千萬萬剛和另一半分手的世間男女，不論是悲傷或憤怒，或無動於衷，選擇用什麼樣的心態行為面對現實才是重頭戲。這時，平常壓抑的便浮現出來了，說她是回復自由身也好，又或許是一項顛覆或抗議也好，總之，梓婷怎麼樣也沒想到和正剛分手的這件事，改變了她日後的命運。

10 前程

梓婷回到筑妮的住處，空無一人。週五的晚上沒有年輕人想窩在家裡的，筑妮說麥克和墨里斯去酒吧了，不到三更不會出現，也就是不醉不歸。

梓婷在客廳沙發坐下，雖然她來過幾次了，但是很少久留，筑妮的家有一種過客的氣氛。沒有精心佈置的掛圖或擺設，一切都像是隨意放置的。好像他們才剛剛搬進來，也好像他們隨時就要搬走了。梓婷突然覺得如果能有一個像樣的家會是一件美好的事。寬廣的空間可以養一隻在夏天因為炎熱而流著口水的大型混種狗，因為張口哈氣，整個臉就像是在對你微笑。客廳的牆壁漆成藍色，廚房黃色，三間臥房各為紅，橘，綠，然後進門的走道為紫色，陽台為靛色，回到家像走進彩虹，可以任意編織不屬於俗世的夢。

筑妮從冰箱中拿出兩罐啤酒，開罐時的氣泡聲將梓婷拉回筑妮的身邊。她看到桌上罩著一件似沙麗圖案的絲巾，色彩鮮豔，卻不失收斂，她想起筑妮暑假才從印度旅行回來，便問道：「都還沒聽你將印度的故事說完呢！」

筑妮呷了一口啤酒，噓了一口氣，仰頭躺下，說道：

「印度是個奇特的地方，人在那兒的時候，一心想逃走。等你離開後，卻想念得不得了。她太豐盛了，一時之間你會覺得其他地方都變成清粥小菜，吃起來沒有味道。」

梓婷仔細地想她的話，電風扇的風不斷的吹著絲巾，絲巾輕拂著她的小腿，麻癢癢的，她突然想起正剛，猛然將啤酒一口灌進喉嚨。筑妮看著她，沒有說話。

梓婷開口：「跟我說一些妳在印度的事吧。」

筑妮回道：「那我說說在恆河旁邊看夕陽的經驗，這一段我還沒跟妳說過呢……」

梓婷端坐，擺出一副準備專心上課的模樣。

「嗯，我想想看……我和麥克住進Varanasi，因為我們住的旅社就在河邊，走到恆河旁邊必需經過一個古城，那裡的巷道窄小，彎彎曲曲非常複雜，簡直比九彎十八拐還厲害百倍。第一次找到這間旅社是一個小男生帶路的，我們跟著他東拐西彎，十多分鐘後才走到住處。這麼複雜的街道設計，別說是住十天，等我們住到了第三個禮拜的時候還是沒有辦法記住這些路。」

說到此處，梓婷和筑妮各自調整了坐姿，梓婷盯著筑妮，似乎在催促她趕快繼續說下去。筑妮笑說：

「妳很可愛耶，像小孩子聽故事一樣。」

「話不是這麼說。首先，這不是故事，是妳的親身經歷。其次呢，我已經很老了，不是孩子了。好啦，快說吧。」

筑妮一副被她打敗的神情，繼續說著：

「我們因為實在認不得回旅社的路，便想出個方法，只要迷路了，就在路邊等著。因為每一天總會碰到許多要往恆河旁邊火葬場的隊伍，他們必需穿過古城，到達河邊，我們的旅社就在火葬場旁不到一分鐘的地方。我們看到當地人抬著屍體，四個或六個人扛在肩膀上，口裡哼著歌，聽起來像在祝禱，或是一種經文，有節奏的調子。我們一聽到歌，等著隊伍來到，就知道回去的路不遠了。我們一路跟在他們的身後，看著擔架上覆蓋著布的屍體，聽著歌，穿越人群牛隻，想著這是我們回家必經的路。」

筑妮笑了一下，梓婷也微笑以對。筑妮繼續說：

「在我住的地方，從窗口望出去就可以看到火葬場焚燒屍體的煙。有一天，我們散步到河邊的階梯坐下，向小販點了兩杯茶，喝完後，只見他把杯子在水裏浸一下就算清洗好了。旁邊有清洗屍體的儀式在河裏進行，也有在河裏清洗身體的民眾，夕陽下，恆河邊有五堆熊熊的火焰燃燒著屍體，這個景象我至死也不會忘記。」

深深的夜裡，梓婷讓思緒飄至遙遠的印度，她靠在筑妮的身上，像是依戀著大姐姐的小妹妹。

「筑妮，心飄向遠方可以讓我忘卻眼前瑣碎的雜事，我不知道這算不算是一種逃避，至少它對我很有用處。想著恆河邊的火堆，我會想到生死的課題；想著大海，我會想到鯨魚的歌聲。這些會讓我覺得自己是什麼東西，而正剛又是什麼東西，犯不著為這些虛幻不實的事傷腦筋啊！」

筑妮放下啤酒罐，給梓婷一個緊緊的擁抱。梓婷流下淚來，她感到筑妮在親吻她的面頰，輕如點水般的讓她閉上了眼睛。

梓婷的生活多年來一直維持如小紅人般的立定姿勢，現在她突然下定決心，她想變成閃亮的綠，在座頭鯨唱完最後一首輓歌前，和牠們一起奔赴藍天。

風，輕輕的吹。

夜，悄悄的上演著一齣戲劇。幕已拉起，劇中人物尚不知劇情的發展。但是，舞台上的人生正轟轟烈烈，準備奔赴前程。

11 禮物

梓婷打開正剛寄來的包裏已經是一個星期後的事了。

自從上次掛了正剛的電話，他們近半年來沒有再連絡。因此上週突然接到包裏，帶給梓婷心底不小的震撼。

梓婷選了一個週六的夜晚，坐在陽台，她婉拒筑妮的晚餐邀約，決定自己一個人面對這份不可知的神秘包裏。

秋風習習，月色朦朧，梓婷望著黑夜的籠罩，感到一股說不出的鬱悶。無盡的夜空好像是一塊心中填不滿的空洞，也不知道該填入的是什麼？自從正剛離開她的生活後，梓婷幾乎不曾坐在陽台吹風了。

咖啡的熱氣裊裊而上，消失在無影的夜色，就這樣散去了，了無痕跡。

梓婷努力回想倆人曾經共度的時光，卻只剩下零星的片段，沒有什麼刻骨銘心的畫面。倒是坐在陽台聊天喝茶的幾個夜晚，讓她印象深刻。正剛喜歡穿花襯衫，很多衣服是他帶團出國時採買的。

有一天晚上，梓婷盯著他襯衫上數不清的蜥蜴，短小的四肢爬滿全身似的，綠色的底配著黑色的蜥蜴，梓婷覺得自己正坐在一片叢林邊。突然她想到莫里斯桑達克的「野獸國」，故事中當房間裡長出樹木時，小男孩臉上的表情總是勾起她無言的悸動，好像深藏已久，終至淡忘的一曲旋律，因著那樣的情節，跳出幾顆音符，隱隱約約的，偏偏又想不起整支曲子，把她的身體吊在半空中，連心也懸空了。

她看著黑色的蜥蜴正緩慢的爬入樹林裡，音符也正滑動，她也想跟著它們進去，未知迷惑著她，也吸引著她。

「妳在想什麼呀？！」

正剛舉起右手掌在她眼前晃動。梓婷陡然間回神過來，心底暗怨著正剛的無趣，她也許就快要想起那首曲子了，她感到莫名的失望。

她將目光移回陽台前方的黑暗處，捧起杯子，啜飲著花茶，帶著怒氣說道：

「太晚了，你趕快回高雄吧。」

梓婷並沒有面對正剛，但是卻清楚的感覺到他投向她的目光充滿失落與憂傷。

正剛緩緩的站起身，回到房內。

梓婷聽得到他收拾衣物的聲音，鑰匙碰撞的叮鈴聲，紗窗開門的軌道聲，然後離開的腳步聲。梓婷從頭到尾沒有看他一眼，也不再說一句話。倒是正剛每次離開時，都會用雙手輕輕的揉捏一下她的肩膀。

無言的道別。

梓婷將此視為對正剛的懲戒。也許她心底早就猜出高雄的範圍不屬於她，她的溫情過不了濁水溪。而正剛呢，花襯衫像一只彩蝶，尋覓飛舞，為的只是飽滿的花蕾，芬馨醉人。

阿梓：

有些事，言語說不明白，我無法多做解釋，但仍盼望這一切能有完美的結局。

記得我曾經和你提過郵輪之事。我的同事曾帶團出去，回來後沒一日的說著旅途的美好，還有他們看到的鯨魚，於是我想到妳。

附上一份訂好的郵輪之旅，在明年的夏天，我想把它當做是一份生日禮物，送妳去阿拉斯加。郵輪從美國舊金山啟航，結束航程是到溫哥華。妳甚至也可以安排加拿大的旅遊，一切由妳作主。

我心裡有個感覺，妳會有一個難忘的旅程，也許可以改變我們的命運，也許可以讓妳決定原諒我，這是我的私心。

不論妳是否決定接受，機票與船票都已付清，我知道這是妳的夢想，我誠心盼望妳能接受。

附上一條純羊毛圍巾，夏天的阿拉斯加仍是冷的，對我們這些亞熱帶的動物而言。希望它陪著妳到地球的另一端。不奢望妳會想起我，只期盼妳對我不再有怨恨。

梓婷拿起杯子，一口喝下已冷卻的咖啡。月色融入，連咖啡也有清冰的滋味。她雙手微顫，看到一張電腦的訂票資料，是至美國舊金山的去程機票和加拿大溫哥華的回程機票，以及阿拉斯加的郵輪船票。正剛的信是寫在一張明信片後面，她翻過來，看到一艘精美郵輪在汪洋大海中，藍色的海水為底，背景則是雪白的冰山。她將包裹中一條深藍色的圍巾開展，長度夠她繞著脖子三圈再加上護住雙耳及口鼻。她深吸一口氣，聞到圍巾的香氣，是薰衣草的清香，正剛定是特地將圍巾洗乾淨了，挑了他們過去常在睡前喝的薰衣草茶的香味。

他想藉此打動她的心嗎？

12 冥冥

「妳這種女孩適合自助旅行。」

一天晚上躺在床上觀看旅遊頻道時，正剛突然對著她說。

「我這種女孩？什麼意思？」

梓婷一邊搥打他的手臂。

「喂，妳住手！適合自助旅行是恭維的話啊，真是天大的冤枉。」

「那你倒說來聽聽。如果胡言瞎掰，看我饒不饒你！」

梓婷瞪著正剛，只見他轉身面對她，執起她的雙手，表情認真的說：

「妳是一個獨立的女孩，自己生活工作，打理得井井有條。常常自己看電影，做自己喜歡的事，不需要人陪，妳可以面對孤獨。語言能力也夠好，出國溝通沒有問題。而且，妳也夠強壯……」

說到這兒，梓婷又開打。

「你的意思是我很胖，對不對？」

那一晚，他們扭打到地板上，最後索性打起枕頭仗來，黑夜裡有尖叫聲、笑聲和求饒聲此起彼落。冷颼颼的低氣壓正發著威，屋裡卻是熱烘烘的自成一個世界。

阿拉斯加是多少鯨豚覓食的天堂？

她曾在國家地理雜誌頻道裡，看過多次的冰山奇景，她總是被美麗震攝住，不敢相信這些是來自於同一顆星球。常常，她躲在被窩中，想著何時自己能有機會離開熟悉的一切，踏上未知的旅程，用自己的眼睛看世界，用自己的腳步踏出足印。

「妳可以面對孤獨。」

梓婷記著這句話，她不知道該不該接受這份大禮，讓她和正剛的關係劃下完美的句點。

她將明信片重新拿到眼前觀看，藍天大船構成了看世界的條件，正剛其實是懂得梓婷的，明白這是她想要的。

她問自己，海水怎麼能夠這麼藍？

天空怎麼能夠這麼漂亮？

大自然的氣息為什麼總是能震懾人心？

梓婷拿高明信片，想藉著屋內的光再看仔細些，突然感到一陣暈眩。明信片觸手冰涼，在一瞬間，她看到船在移動，海波蕩漾，天空中的雲朵似乎要飄向眼前。

她想起幼時看過一齣電影，片中的主角是一位八歲的小女孩。她的臥房中掛著一幅畫，畫中是一個村莊，村莊裡有個農場。農場在遠遠的角落，背景是夕陽的餘光，灑在眼前的綠色草地上，幾隻牛低頭吃草，一幅平凡又典型的鄉村畫。小女孩的家在大城市，她住在大廈的第二十層樓，樓外的風景是一棟接著一棟的摩天大樓，樓底是穿流不息的汽車和人群。

小女孩不曾去過鄉下，所以那幅圖案對她來說是一個極有趣的世界。她想像著雞飛狗跳，牛羊在草地上咀嚼著青草。她想養幾隻小白兔，可以看牠們蹦蹦跳跳。小女孩每天想呀想的，終於有一天晚上她進入了心目中的村莊，在村莊裏認識了另一個小男孩，他們一起玩耍，小男孩教她如何照顧動物，她在夢裏過著快樂的時光。每天早上醒來，她都會發現枕頭旁邊放著一顆雞蛋，觸手溫暖。

這讓她對著圖畫微笑……

梓婷不記得結尾為何？她只記得那幅畫像是一個窗口，每一個人都需要一個窗口，就像現在她手裏拿的明信片會是她的窗口嗎？

這個窗口將會看到什麼？

藍天白雲帶給她平和的心情，她幾乎聽到遠遠傳來海鳥的鳴叫聲。

冥冥中這樣的感覺在心底升起。

她覺得有什麼奇異的事情在等待她，而這份際遇將會帶給她一種全然不同的人生。

梓婷將明信片貼在臉頰上，冰涼卻帶給她溫暖的感覺。她將明信片放在床旁邊的桌面上，她打算每晚臨睡前看它一眼，也許可以像電影裏的小女孩一樣，進入一個夢想中的國度。

慢慢的，她的心裡開始放空，她感到眼皮沉重，似乎聽到浪聲緩緩，不知不覺地就睡著了。

夢裡的梓婷正走在一片蓊鬱的森林，她看到什麼？

這個夢一直要到後來的某一天才會被想起，等她想起來的時候，她心中的迷團才豁然解開。

13 自由

「筑妮，下課後請妳吃消夜，有沒有空？」

梓婷在筑妮經過櫃檯時，將她叫住。當時正是下課時間，她的前腳剛踏進辦公室，背著書包，手裡拿著一疊改好的作業，聽到梓婷的叫喚，嫣然一笑。

「有人請吃飯，當然有空。」

幾個在辦公室聽到對話的學生們隨即起鬨，吵嚷著要一起去。梓婷對他們吼著：

「等我結婚時再請你們吃喜酒罷。」

學生們笑成一團，筑妮壓低聲音，故意背對著梓婷，對學生們說：

「你們趕快幫忙介紹男朋友給楊老師，才有希望吃免費的大餐。」

女學生們咯咯嬌笑，一個平日就頑皮的男生，尖著嗓門說：

「楊老師這麼兇巴巴，誰敢娶她？」

說完，一溜煙似的奔回教室，留下小女生們的竊笑。

「你給我記住！」

梓婷對他的背影喊著，回頭見筑妮對她做個鬼臉，她也不禁笑出聲來。

「火鍋，就這麼說定。」

「太好了，晚餐剛好沒吃飽，今天真是我的幸運日。」

自從上回在筑妮家的相擁相吻後，隔日在補習班相見，筑妮還是一派落落大方，好像夜晚發生的事和白日完全不相干，也好像相擁相吻不過是一個安慰失意者的普通方式，不具任何意義。梓婷感激筑妮相伴，對於額外衍生出來的親密接觸也只有裝醉，任心臟狂跳，豁出去也就是了。然而說起來，也的確沒有發生什麼事，在那樣貼著心說話的情境下，有一點激情的演出沒有什麼大不了，何況這不算激情。筑妮的吻像是在幫她撫平心情的皺摺，像是電熨斗滑過一件剛從洗衣機拿出來，攪得一塌胡塗的襯衫，輕輕一滑過就自然而然的平整了。

梓婷想起第一次看到筑妮的情景，到現在，這麼多年來她從事同樣的英語教學工作，依舊是熱情不減，似乎有使用不完的旺盛精力。沒見過她心情沮喪或對生活厭倦，唯一顯露疲憊的神情，是在旅行回來，時差還沒調過來的時候。梓婷幾乎天天與她照面，看著她的馬尾，一年三百六十五天一樣的V字領棉衫及牛仔褲，天冷時加條圍巾及一件老舊的毛外套，如此而已。但只要看到這個身形，總會讓她感到很踏實。她們幾乎是無話不談，但也刻意的保持些許距離。筑妮曾對梓婷說過：

「人是孤獨的個體，當我們被生下來或當我們離開人世，面對的都是孤獨。我們不應該去打破這項定律，違反自然，後患無窮。」

「這是妳不願意踏入婚姻的原因嗎？」

「其實，如果真的碰到，也許躲也躲不掉。」

梓婷記得，說到這兒，筑妮的男朋友史狄正好過來，從她身後用雙臂環繞她的腰部，在她的臉頰親吻一下。筑妮等她男友離開後，放聲大笑。她說：「這是違反自然的，我已經感到後患無窮了。」

這事情過後不到一個月，筑妮和史狄便分手了，改和麥克住在一起，看來史迪的確不小心引爆了筑妮違反自然說的炸彈。筑妮毫無異樣，梓婷是從其他人口中輾轉得知。既然筑妮不提，梓婷也不便追問。

對於感情的態度，筑妮算是蜻蜓點水般的在情慾世界裏悠遊。梓婷不曾看過她大悲或大樂，大喜或大怒，生活於她就是努力賺錢，然後認真看世界。她也從不過問梓婷的私事，她與正剛之間的牽扯，在筑妮眼裏恐怕像是兒戲吧。

梓婷記得筑妮在酒吧第一次見到正剛時，曾在她耳邊低語，她說：

「小心喔，這個人會改變你的世界。不一定是他本人，但是藉由他，妳會到一個不一樣的地方。」

梓婷當時醺醺然，覺得筑妮的話不像警告，倒像是一個鼓勵。

她相信筑妮的預言，因為筑妮是一個遊俠，用的是真性情在對待人生。

不過，生命裏加入了另一個人，當然會是全盤影響的。

那時正剛站在她的身邊，這就是她想要的，不再是形單影隻，即使不長久，當時覺得值得，那就對了。

14 背影

火鍋店離補習班不到十分鐘的路程。

在台北市區內，好像所有的店都在十分鐘的路程或車程，吃喝玩樂，梓婷幾乎可以一輩子活在方圓一公里內，不用踏出這個圈子半步。有時她想到這兒，竟不覺冒出一身冷汗。多年前的墾丁之行，是她從小到大出過最遠的門了，結果牽牽扯扯，惹了一身糾纏。

筑妮和梓婷到火鍋店時，門口竟站著或坐著十多位年輕人，大家都在等候帶位。

「不會吧?!又不是週末，七晚八晚的了，餓肚子的人竟然這麼多。」

梓婷幾乎是不耐的說著。

筑妮拉著她的手走到門口安排座位的小姐身邊，嘻皮笑臉的指著梓婷說：

「這位好心的美人難得要請我吃消夜，請妳無論如何弄出一個位置給我們，拜託。」

身著貼身黑色襯衫及黑色西裝褲的服務人員，兩道柳眉竟高高吊起，拋媚眼兒似的看了筑妮和梓婷一眼，似笑非笑，低頭一邊翻看登記的記錄，一邊對著嘴旁的小麥克風低聲說話。梓婷才注意到她是戴著耳機的。不到三十秒的時間，一位服務生開門走出，戴耳機的小姐伸手指著她們，說道：

「麻煩兩位跟著這位小姐，她會帶妳們進去，祝妳們用餐愉快。」

說著，竟來一個九十度的鞠躬，梓婷渾身不自在，幾乎想要回禮，筑妮一把拉著她的手臂，緊跟著往裏走。只見桌桌客滿，煙霧迷漫，客人忙碌的對著一鍋鍋的滾湯舉箸添菜，服務人員穿梭各桌，上菜，加添湯頭，不時來個九十度的鞠躬，也不見有人搭理，說個謝字，倒像是古時大富人家的奴俾在旁侍奉老員外似的。等她們坐定，才發現這兩人的位置在洗手間前的走道旁，梓婷突然覺得一切變得荒謬無比。

帶位小姐欠身說道：「門口的客人是等大桌的，你們兩人一桌的只剩下這個位置。」

筑妮注意到梓婷的臉色，壓著低低的唇眉，似乎罩著層寒霜。

她對著梓婷笑著說：

「妳知道嗎？如果我是跟著我媽媽來，她一定樂歪的。她到哪兒都要找離廁所最近的位置，只要能看到廁所，她的心就定了，可以好好享受她準備要做的任何事。」

梓婷這時也不得不苦笑，她並不想打壞筑妮的好心情，何況是自己邀她來吃消夜的。

「對不起，這一兩年，有時候我到人多的地方會感到煩躁，可能是因為年紀大了。」

「妳只要假裝想像妳是這火鍋店的老闆，妳就會心情超級快樂喔。」

梓婷驚訝的看著她，她也微笑以對。她們拿起菜單胡亂翻看，服務生來點餐時，她們各自要了自己想吃的菜餚。她們點的是鴛鴦鍋，筑妮比梓婷還能吃辣，做了這麼多年的朋友，彼此的習性也摸熟了，平日出去，從不拖泥帶水，各點各愛的，各付各的，清清楚楚。有時筑妮旅行回來，總有兩三個月手頭緊，捉襟見肘的，梓婷常請她吃飯喝酒，筑妮也不彆扭，大方接受。一旦等她領了薪水，吃梓婷一頓，便回請一頓；喝幾瓶啤酒，總是回請至差不多的價錢。剛開始，梓婷倒很不習慣，好友做到如此，挺見外的。曾對她抱怨，筑妮說道：

「我常常旅行，如果不對錢財斤斤計較些，我也沒法存錢去玩。接受資助若又不還，豈不是欠身邊的人太多，這負擔可大了呢！我可不想牽牽扯扯好幾輩子。這輩子的債，這輩子結束。」

梓婷想起以前筑妮說過的話，對於接下來想告訴她的事情，可有些猶疑了。

梓婷東張西望中，服務生已送上滿桌的紅紅綠綠，筑妮起身去拿醬料，梓婷望著她的背影，竟讓她想到正剛。每回正剛來台北的日子，不論多少濃情繾綣，相聚相依，最後也是得面對離別。梓婷從不看正剛的背影，因為背影總是讓人傷心。她雖然總是避開這一幕，卻沒有辦法逃掉必定的結局。

夜晚的長針短針經過了一天的奔馳，腳步漸趨和緩，連空氣都有了鬆懈的味道，梓婷原本繃緊的心情陡然間放掉了，她心裡想著，鑽來鑽去的是自己，在乎這，在乎那的也是只有自己。眼前不眠的夜有活潑的人聲，就是絕世美女也得往廁所的路上走，想到這兒，她自顧自的笑了。

15 歸依

人們每天這樣吃吃喝喝到底是為了什麼？
為了吃，大街小巷尋尋覓覓，開了幾個鐘點的車，南下北上，只是為了網路上的人氣小吃？

在火鍋店裡工作的男孩和女孩，每天都要端上多少食材才能餵飽這些絡繹不絕的客人？

當他們看著人們這樣不停的將東西放進嘴巴裡到底會有什麼樣的感覺？
不論是外貌美麗的，或是心地醜惡的，大家每天無時無刻地都必需順著生理時鐘，吃飯睡覺。

為了口慾，什麼動物都可以殺來裹腹。

為了一個可以安睡的地方，拼一輩子的勞力，扛一身的債務來養一個我們稱為家的地方。

為了愛，在記憶中儲存了多少東西，只為了有一天，一切將隨我們而離去？

愛提供的，難道只是精神上的歸依？

食物提供了人體必需的維他命。

然而，我們又真正的得到了什麼？

梓婷在蒸氣瀰漫中感到茫然。

她甚至不知道自己為什麼坐在這個地方。

此刻的正剛在做什麼？

沒有她，相信他還是一樣的過日子。

梓婷何嘗不是？這樣說來，這一切的投入不過都是假象，像火鍋下面的火苗恣意地燃燒，讓湯頭滾著氣泡。但是只要梓婷兩根指頭的動作，關閉火苗，氣泡也就緩緩的消失了。

筑妮一邊將豬肉片丟入火鍋，一邊說道：

「妳看妳，心事都掛在臉上了。說吧，發生了什麼事？」

梓婷回神，從背包中拿出機票的訂位記錄及船票，伸長了手臂，遞給筑妮。

她接好放在桌上，說道：

「我們先好好吃，吃飽了再好好說話，好不好？」

梓婷看著她一副饞相，說著「好」字時噘著嘴唇，也不禁發笑了，這才注意到自己的肚子發出咕嚕聲，一股飢餓的感覺油然而生。

她們安靜的各自將桌面上的菜餚掃進滾燙的鍋裡，再專心地取出送進口中。梓婷的舌頭麻麻辣辣，突然覺得這很符合目前的處境。她想起分手後的這段時間過的是麻木的生活，而可能到來的旅程卻似乎會是一個鮮辣的經歷。

她打破沉默，對筑妮喊話：

「喂，別光吃，看看我拿給妳的東西。」

筑妮放下筷子，長吁一口氣，摸摸自己的肚子，說道：

「別急，我這就看。腸胃不空，腦袋才能靈光。」

說著，她仔細的讀著梓婷先前給她的文件，梓婷盯著她，很想知道她的反應。

「正剛送妳的？」

「嗯，他寄到補習班。」

「阿拉斯加！唉，一塊美麗的人間淨土。我的心已經飛到那兒了。」

筑妮將文件貼放在胸口，好像這份禮物是送給她的。梓婷笑道：

「妳別儘作夢了。我還以為妳會不屑搭郵輪呢。」

「不是屑不屑的問題。嚐試不同的旅行方式有什麼不可以呢？很多時候我們對某些事情不屑，是因為我們自己吃不起或用不起，或是得不到嘛！如果有人請你去旅行，幹嘛不去呢？這可不是天天都有的機會。」

「妳認為我該接受這麼貴重的禮物？」

「貴不貴重也是因人而異，對他來說可能只是像你請我吃一頓火鍋這樣容易。妳想去就去，不去就退回。」

「話不是這麼說，總覺得欠了個大人情。」

「給人禮物不是應該心甘情願的嗎？妳覺得正剛希望妳去嗎？」

筑妮直視著梓婷的雙眼。梓婷停頓一會兒，避開了她的眼神，看著火鍋料兀自在湯裏翻滾著，她將火苗調小，坐正後，歎了一口氣，回道：

「我相信他是的。」

「那就好。去吧，如果還有懷疑，以後寄錢還給人家。眼下生活好好過，不出去走走會後悔的。而且……」

筑妮先夾起一顆魚丸送進嘴裡，然後兩眼盯著梓婷，一個字一個字的吐出來似的，她說：

「我覺得，這趟旅程會改變妳的一生。」

「改變我的一生？」

梓婷的心怦怦敲擊著她週遭的空氣，蒸氣化為水氣，她似乎看見一艘汪洋中的船，載著她往不知名的路上。一路上海光漫滿，她已經不在乎終點將止於何方了。

16 啓程

梓婷的郵輪之旅，在月曆上畫著紅圈的五月五日突然就來到眼前。這個日子在梓婷心底真不知道算過多少遍。她想想人生真的是一段錯愕的過程，原本尚在遙遠的夏季，轉眼間季節卻已跨過了冬天。春天的飛鳥嚶嚶啼啼，呼喚著梓婷浮動的心。

她在過完農曆年後正式遞出辭呈，主任少不了慰留，慰留不成便改成威脅，表示這麼好的工作以後沒得找了。梓婷一邊撒嬌，要離職也要離得漂亮，她必需留著後路，萬一真的回來後找不到工作，也許還能重操舊業。雖然她心裡直覺不會再回來了，她不知道為什麼，這應該是一種不祥的預感，然而她卻是感到某種異樣的，幸福的感覺。

筑妮的工作簽證剛好在六月時期滿，她和麥克沒有打算延簽，而是離開台灣，改到中國旅行半年，「然後呢？」梓婷問她。

筑妮說：「然後……」

她笑了，摸摸梓婷的馬尾巴，竟像是長者在安撫幼者，用著溫柔的聲音接著說道：

「我們誰能知道然後呢？除非是拿著故事書，直接翻到最後一頁去看結果，是不是？我想半年後再說吧！應該不會再回台灣教書，也許回家再進修，也許嫁人了，或也許留在中國，誰知道呢？我並不知道明天會發生什麼事，不太做長遠的計劃。還是今朝有酒今朝醉，莫待無酒空垂淚比較實際。」

梓婷也笑了。

她雖然不捨，但筑妮的話讓她覺得聚散不過像是道晚安一樣，一覺醒來，又是新的開始。

梓婷到達美國舊金山時，時候尚早。還好行前有筑妮幫忙，幫她在網路上訂好到碼頭的車票，取票搭車一切順利。她不得不佩服筑妮，好像她還在她的身邊。

她在指定時間約下午一點到達碼頭，那兒已經大排長龍，每個人都是大包小包的行李。穿著正式工作服的郵輪人員向排隊的旅客們問好，處理行李的搬運人員則負責將行李箱、旅行背包、手提袋等，用推車運至登船處，安檢後運至船上。這是梓婷第一次出國，實在不知道該帶什麼？她問筑妮，事後覺得真是問錯了對象。筑妮是一位隨時提個背包便可以馬上出走的人。

她說：「盥洗用品，衣物，書。」

聽起來的確簡單，結果梓婷只有一箱，放的就如筑妮所言：盥洗用品，衣物，書。真不知大家還帶了些什麼，竟能裝上四五個大行李箱。當然，梓婷是一個人，放眼望去，還沒見到單身者。老夫老妻特別多，或是看起來新婚燕爾的小倆口。

舊金山當天的陽光絢爛，溫暖著每一顆心，海洋在眼前延伸至天邊，心的寬度無限擴展。旅人的心受大洋撫觸，溫柔而開放。

雖然是長達數百公尺的等待，但是旅遊的心很容易成為一種包容的心。沒有一個人顯出不耐的神色。筑妮的足跡踏遍許多國家，是因為這樣，所以從來沒有見過她發脾氣嗎？

一旦知覺了自己的渺小，許多世間的紛紛擾擾便微不足道了嗎？像現在梓婷的心，放在世界的窗口，如果此時拿一本孩子們寫得亂七八糟，錯誤連篇的作業簿給她批改，她可能一笑置之，摸摸孩子的頭，叫他一起看看眼前的風景吧。

天是藍的，白雲朵朵，閃著太陽的金光，梓婷幾乎可以聞到風的味道，無牽無掛。

她在人群中隨意張望，若不小心對到了他人的眼神，得到的回應也都是溫和的笑容。遠遠的一角聚著七八個女人，看起來都是過了退休的年紀，嘰嘰喳喳的談論著，像是相邀遠足的老夥伴們。她們都盛裝打扮，每一個人的輪廓都異常鮮明，紅唇深眼，燙得高高捲捲的金髮隨風晃動，漫長的對伍就有了光影浮動的味道。她隨著隊伍緩慢移動，腳底下的陸地似乎漸漸浮了起來。

隊伍移至Check In的櫃檯，拿出護照檢查後，櫃檯人員給梓婷一張門卡。在工作人員的帶領下，她走至登船處，眼前是一截短短的鐵橋，連接著岸邊和輪船的入口，約二十步的距離，梓婷像劉姥姥進入大觀園，從尋常的小門，進入了摩登大世界。

經過半年多的等待、存錢、規劃行程，郵輪就在身邊了，她知道這次的旅遊，將帶給她一路無限的驚喜，此生永難忘懷。

17 奇景

梓婷在網路上曾聽人說起郵輪的旅遊方式，就像是登上了一艘五星級的「移動城市」，她沒辦法想像。她也不曾住過五星級飯店，像大部分的平凡人一樣，因為自己沒有多餘的銀兩，對於「有錢人」這樣的字眼兒，自然而然的產生排斥的感覺，好像那種人和自己屬於不同的世界。

她記得曾經有一位作者說過：「如果你想要變成一位有錢人，首先要先喜歡有錢人」。

是啊，有錢又不是罪，有錢很好的。如果不是正剛的錢，梓婷現在可能正坐在辦公室中，一邊罵著孩子胡亂交出來的作業，一邊望著門外，幻想著自己美好的將來。

如今在梓婷身邊的這些旅客肯定在經濟上都不會是太節倨的人，他們和她一樣，沒有長出三頭六臂，人人都是滿臉洋溢著喜悅。工作人員點頭致意，歡迎著每一個雀躍的旅人，梓婷屏住大氣，不敢讓自己有片刻的失神。

進入迎賓接待區，就如同進入旅遊雜誌中介紹的五星級豪華大飯店的圖案裡。挑高的廊柱，垂下金黃色布簾，沿著拋光米黃大理石的階梯走上二樓，可以三百六十度環視整個迎賓大廳，櫃檯四周有身著白襯衫黑色西服的服務人員，手捧拖盤，上置香檳及果汁，在旅客的身邊周旋。她拿起一杯香檳，選了靠窗的玻璃圓桌坐下，窗外便是舊金山碼頭的藍天大海，尚未起航，她的心卻已飛躍起來。

旅客依序登船，每個人都順手拿起服務人員端來的飲料，隨意走動，旅客們也可以直接到自己的房間。但是梓婷一顆心野得無處安置，一時還不知道往哪兒去。到處是亮晃晃的，她在走道上看到一對夫婦，互相擁抱著望著窗外的北太平洋，眼裡泛著光。

而她還在尋尋覓覓，不知道視線該放在哪裡。

正當她往窗外望去時，突然見到遠處的海洋表面像起了一層霧，不是整片的，而是一塊區域，泛著白濛濛的煙，煙霧的上方並沒有烏雲，不像是那兒正下著傾盆大雨。梓婷覺得很新奇，她往旁邊瞧，想看看是不是有人同她一樣，也注意到眼前的景象。然而她看到很多人都在望著海面，但是卻沒有一點驚訝的表情。旅客們品著香檳，隨意聊著，聽不到一個人說起眼前的奇景。

梓婷將眼光放回海面，煙霧依然盤據不散，隱約看到閃閃發亮的光，梓婷的耳旁在那一剎那間竟出現了一個聲音，像海的呢喃，讓她頓時靜了下來，好似旅人在荒山古道中迷失了方向，正驚慌失措，突然山路的盡頭出現了一座莊嚴的古寺，而寺裡傳來僧侶的誦經聲，讓迷失者有了依歸的地方。

梓婷放下酒杯，眼裡閃著淚光。她感到一股力量正緩緩的傳送到她的心中，她尋尋覓覓了一輩子，一直不知道自己的心該放在何處，直到此刻，她放鬆了，她知道有什麼正在前方等著她的到來，當她遇見了後，她將永遠不會再徬徨。

她就這樣盯著海面，不知道過了多少時間，等她回神，驚訝四望，旅客們還在陸續登船，她看了一下錶，只是過了十分鐘，她卻覺得自己坐在那裏已經有一個多鐘頭了。

是時間靜止了，還是梓婷靜止了？

她一口飲盡杯中香檳，起身離去。

離開迎賓大廳，梓婷手裡拿著門卡，按著地圖，搭電梯，找到位在七樓的五十六號房。

約十坪的小房裏有二個大衣櫃，衛浴間（淋浴），一張雙人床，一個沙發床，電視，冰箱，梳妝台，當然浴巾、衛生紙，洗髮乳液等用品一應俱全。走道右邊為一大面鏡子，可以增大房間的視覺效果。床鋪下可放置所有的行李箱，節省空間。陽台上有桌椅可供戶外使用。天氣太冷的時候，可以坐在床沿，透過整片落地窗觀賞戶外景緻。

第一夜躺在床上，細細的去感受船身輕微的晃盪，梓婷無法想像自己身在海中央。在碩大的郵輪裡，一切都是輕輕的，在如此微盪下，她不知不覺的睡著了。

搭乘郵輪看世界，是全新的感受。她不知道有什麼驚喜在未來的旅途中等著，只是全然的放鬆，無憂無慮的享受船上提供的一切先進設備。沒有時間的束縛，單純的看日出日落，餓了吃，累了睡，山海包容，怡然自得。

人生是不是就應該要這樣？

如果不是正剛，等她走出自劃的方格不知道還要耽擱多少時日？錢財是永遠也存不夠的。

梓婷自知是一個惰性極強的人，和正剛的這段感情讓她認清了自己，居然可以不明不白，糊里糊塗的過了上千個日子。這麼多年來，她聽著筑妮來來去去的足跡，踏出清脆的聲音，讓她在上班下班的日復一日中有個供想像馳遊的空間。她也聽著正剛帶團出國，看世界其他國家的點滴萬象，而神為之往。有一天，她也要出去，而她真的出去了。她要幫自己的老年回憶存進美好的影像。

窗外，是無垠的黑夜。

浪濤拍打在船身的聲音，好像是一曲無音符的樂章，她聽著，想著，內心漸漸的空了。

18 相遇

梓婷從來不曾這樣迫不及待的起床。

清晨起來的第一件事，拉開窗簾，赤腳走到陽台。無邊無際的海洋在眼前展現浩瀚的魅力，她用力的深深呼吸著，海上的空氣涼沁心脾，她好像被仙履奇緣裡的仙女棒點著似的，心靈滿佈了熱情，卻也無比的沉靜。

能活著，見視天地的廣闊是多麼令人感激的事呀。

輪船在大海中航行著，岸邊美景不斷，讓她深感天地之廣，大海無垠，人之渺小。像第一次坐飛機時望著窗外白雲，無端地興起類似滄茫之感。時間似乎隨著海洋的呼吸聲而緩慢下來，貼近自然，心也澄清不少。難怪人總是要離開城市的，即使只是短暫的一兩天也好。接觸山水大地的旅行，人們都可以得到大自然無報酬的給予，梓婷覺得「旅行」應該是這一輩子接下來都要努力實現的夢想。

她想著，怎麼能夠活了近四十個年頭，才踏出這第一步？

梓婷領悟。

人類的智慧如果不能回歸到生養我們的大地，

我們怎麼對得起這世間萬物提供給我們的食糧？

人類的目光如果不能用來欣賞藍天綠樹，花草江河，

我們怎麼對得起大自然提供給我們的無盡寶藏？

當然，旅遊方式不同。跋山涉水，搭便車，擠火車，扛著大背包，走到哪兒，睡到哪兒的方式更能貼近生活。而梓婷卻莫名其妙的多了這份享受，倒像佔了便宜，用正剛的贖罪來驗證自己有福消受。只是，出走，依舊是不變的初衷。在郵輪裏，多了溫柔舒適的感覺。可以隨時到甲板上吹涼徹心頭的風，或是在咖啡廳裡捧杯熱騰騰的巧克力牛奶，卻依然不會錯過任何自然美景。

梓婷最常報到之處為「海景餐廳」，位於十樓，簡直是船上的便利商店。舉凡各式速食，自助式數百道佳餚，及下午茶時間的精緻糕點，隨時可以來到這兒填飽肚子。明亮的落地大窗配上藍底花圈的地毯，給人內斂靜美的感受。食物區於中央，所有餐桌椅皆靠外圍，因此不論多少客人用餐，總可以找到一個看得到海的位置。桌椅擺設分區分類，頗具用心。所謂裝潢設計，高手多的就是一份體貼的心罷！

澄亮的景緻，舒適寬敞的用餐空間，配上可口的中西各式餐點，以白雲為布幔，大海為配樂，這是慢慢吃，慢慢喝的心情饗宴。

這天下午閒來沒事，其實哪一天不是如此呢！梓婷決定去餐廳逛逛。天晴氣朗，海景餐廳又是亮澄澄的挑起旅客們的食慾。她拿杯熱咖啡，取一杯檸檬汽水，放進一片新鮮的檸檬切片。她選了靠窗的沙發座後，正要舉起杯子，梓婷突然心頭一震，感覺到他在她的附近，她立刻東張西望，果然看到他在蛋糕區，梓婷的視線再離不開他，她幾乎覺得自己聽得到他的心跳，她有點緊張，卻不是慌忙的感覺。她甚至是喜歡這樣的，從她第一次看到他，她就感到莫名的震憾，好像她是為他而來的。

他在甜點區的前面，手裏拿著夾子正準備夾起一塊蛋糕。因為距離的關係，梓婷看不到他選的是什麼口味，不過她卻知道他的盤子裏盛的是檸檬蛋糕。接著他會去拿蘋果，然後走到她的桌前，他會跟她微笑……

她就是知道。

梓婷摸著自己發燙的雙頰，她不明白自己為什麼會知道他的動向。她似乎在他的心裏，又似乎是他在梓婷的心裏。

她從來都不知道正剛在想什麼。是她沒有動機去瞭解，還是正剛也不在乎和她分享心事？她習慣了筑妮蜻蜓點水似的人際關係，連帶的讓她將保持距離視為交往時應該存在的正常現象。

而眼前的他卻破除了梓婷所有的猜想，他像一個透明的氣體，梓婷聞得到他，感覺得到他，眼角的餘光看得到他，他給了她理所當然的感覺，好像他的存在是因為梓婷，也好像梓婷因為他，才踏上了這艘郵輪。

他到底是誰？

19 藍光

人生是由許許多多的意外所組成的吧。

梓婷莫名其妙地參加了「春天的吶喊」活動，生平唯一的一次「一夜情」，演變成現在的她在加拿大的海域裏。這中間有許多的細節，只要在一個環節上做了不同的決定，她都不會在這裏。

是命運在引導她？

還是她導引著命運的走向？

第一次看到的他的時候是在登船後的第二天早上，梓婷當時在甲板上散步，吹海風，她望著海平面，試圖尋找昨日的海上白霧，然而海面卻是一望無際的清爽，視野延展到海天一線處，連接的天際，就是一片雲朵也沒有看到。她正準備離開甲板，卻突然看見了他。在來來往往走動的旅客中，她一眼就瞧見了他。

他在人群中是一個完全獨立出來的身形。

看在梓婷的眼裡，他幾乎是從人群中跳脫出來似的。

如果是一位打扮狂野，濃妝俗艷的過氣明星，那樣的氣息就有了招搖的味道，是刻意的，充滿人工斧鑿的痕跡。然而他卻是清新的，是純潔的，他的身形讓人動容，他的氣息和周遭的陽光大海是相融並濟的。

梓婷心頭一震，視線沒有辦法離開他的身上。他穿著純白色的運動棉衫，灰色的七分褲，偏偏剩下的小腿部分倒還剩下十分似的，顯得他頎長的身軀。他的雙手插在口袋裡，悠悠的看著前方。及肩的棕色髮絲垂散，走在風大的甲板上，配上白皙的膚色，給人隱隱約約的感覺。他好像是從風裡幻化出的一縷煙，忽忽飄來，眼前陡然一陣清涼，如果不是他的雙眼，梓婷會以為自己是在夢境裡。

從小到大，她記得很多人的長相，他們說話的聲音，他們的面容。可是要她形容眼睛，卻說不上來。也許，直視人們的雙眼不是常有的機會，這和我們平時和人說話是不同的。說話完，眼神移開，影像結束，沒有留下痕跡。當然，親密的親友也許不同。只是當我們想起某個人時，我們會記得頭髮的樣式，有沒有戴眼鏡，高矮胖瘦，或是慣有的肢體動作，不管記得的是什麼，我們不太容易想到一個人的眼睛。

可是，自從看到這個人，梓婷滿腦放的卻都是他的雙眼。

一個人的眼睛怎麼可以藍得如此徹底？

如藍天，如汪洋，如一池倒映著萬里無雲的天的水塘。

梓婷在甲板上見到他時，他正朝著她的方向走來，他的身邊有其他散步和慢跑的人經過。但是梓婷只有看到他，因為太過驚訝，她停下步子靠著欄杆，喘口氣，側頭偷偷地看著他。他獨自一個人，腳步緩慢，輕提輕放，幾乎讓人懷疑他是踩著雲端滑行而來。如果手邊有著紙筆，梓婷畫出來的圖案必是一片煙霧縹緲中，隱約中有個人形，人的周圍散出淡藍色的光芒。

他經過梓婷身邊時，讓她全身的細胞一陣震動，梓婷本想轉頭假望他處，偏偏是僵住了。他低頭看了梓婷一眼。她記得以前曾經聽過某個作者說：

「為這眼神死一千遍也不後悔。」

梓婷當時想著，居然有人可以寫出這樣不可思議的句子。現在她才明白了這種震撼。

他定定的看著梓婷，充滿善意，梓婷鼓起勇氣對他微微一笑。

時間在那一刻停止了。

從他身上，梓婷聞到了海的氣息。

從他的眼神，她看到了海的藍光。

她接收到了某一種訊息，這個訊息讓梓婷感到震驚，好像窺視了天地間的秘密。好像一齣科幻電視中的劇情，女主角的房間牆壁上出現了時間的裂痕，她剛好醒來，看到從裂縫中散出強烈的光束，而她不得不瞇上眼睛……

等他走後，梓婷似乎經過了一場洗禮，原本封閉的心裡不知道哪兒開了個口，吹到了海風。海風經由血液運送到她的四肢百骸。

她在長椅上躺下。事實上，她不確定自己是躺下去的，倒下去的，還是昏厥過去了。

她閉上眼睛，在甲板上任由自己想著那一雙眼睛。

一雙她望著大海就會記著的眼睛。

一雙她只要望著，就會帶她的靈魂回到海的身邊的眼睛。

20 感應

在甲板上看到他的那一天晚上，梓婷夜半醒來，看到清明的月光掛在無垠的天空中，她從來沒有見過這麼清楚的月亮，第一次如此清晰的看見月亮表面的紋路，青冽冷靜，就在眼前，船邊。走出有暖氣的房間至陽台，氣溫陡降十度似的，她伸出顫抖的雙手，向前伸展，不自覺的想去撫觸月亮的光芒，沐浴在北國極淨的月光下，似置身在一個宗教儀式裏，讓她神智清醒而又似乎不確定自己身在何方？這時她突然聽到隔壁鄰居一聲讚嘆：

「天啊，真的是太漂亮了。」

原來瞥見窗外景緻而忘卻睡意與寒意的旅客不只是她，這些人不約而同的都在陽台站了許久許久。

梓婷的心因為過份感動而流下了淚水。這也是她的第一次，不是因為難過而流淚，卻是因為平靜與震憾，和一路以來的目不暇給讓她感動。她因著正剛跨出這一步，也將因為正剛，在人生的這一個階段劃上一個完美的句點。句點之後會是一個全心的梓婷，會過著不一樣的人生，她已經可以預見。

正當梓婷眼望清月時，她突然感到心跳加速，不是不安，而是她竟感覺到那雙她難以忘懷的眼睛正接近她。

她離開陽台，回到房內，走近門口，將眼睛貼在門眼上。她等著，果然，約一分鐘後，一個人經過了她的門前，她認得他。雖然從門眼望去，他的身型變了，但是他仍穿著白天時的棉衫和七分褲。梓婷心跳幾乎暫停，她不明白自己為什麼能感受得到他的存在？在他經過眼前的一剎那，梓婷幾乎可以確定他在她的門前停步了一秒鐘，她很緊張，不知道他會不會轉頭看向她，雖然他不會看到自己，但是這一切到底是怎麼回事？他並沒有轉頭，他經過，然後離開。

海的藍光瀰漫至梓婷的身後，它籠罩著梓婷的小室，檯燈，鏡子，桌面散放的書，陽台的落地窗，連窗簾也擺動了，擺動的的姿態像浪潮，來來去去，順著梓婷的心跳速度，不急不緩，然後一切都安靜下來。她不知道自己是如何走到床邊，躺下，一覺到天明。

隔天一早梓婷醒來拉開窗簾，陽台外的海面已是一片晶亮。

她覺得昨夜似乎做了一場奇異的夢，夢裏到處是藍光，她不確定自己是否有在夢中醒來，還是一夜無夢？她唯一肯定的是那一輪明月，像開啟了她的某部份感官，讓她手腳都浮起來似的，輕飄飄的。

梳洗完畢，梓婷往餐廳的方向走去。

今天她不打算搭電梯，因為樓梯間掛著各式畫作，她想要一樓一樓的看。她並不懂畫，但是她想慢慢的走。在船上沒有時間的顧慮，她甚至是不再戴著手錶呢。在船上沒有人的腳步是急速的，時間在這兒彷彿退居到生活的次位，讓人們回復了自身的掌控權。

她從七樓走到十樓，畫作有山有水，有靜物，有抽象，大多是為了營造美麗和溫柔的感覺。畢竟是郵輪，船公司應該是希望提供給旅客閒適的心情，不會掛上讓人心情激昂的藝術品吧。但是有一幅畫還是吸引了她的目光，而且也讓梓婷的腦中發出如轟一般的響雷。

這是一幅油畫，綠色叢林中有一塘淺藍的池水。池塘做不規則的形狀，池邊隱隱約約點綴著數朵白花。看起來再平凡不過的風景，梓婷卻感受到在平靜的表面下似乎有著狂亂的筆觸。她退後一步瞧去，竟覺得水面起了漣漪，她懷疑眼睛花了，可能是睡太飽又睡太好的緣故。她再往前一步，一切又都靜止。這時有旅客從她身邊經過，看到她目不轉睛地瞧著樓梯間的畫作，也跟著她看了一眼，然後互相微笑後就離開。梓婷也跟著離開，走上幾節階梯後回頭再看一眼，這次竟是小白花在晃動了，像微風輕拂，小白花正在迎風而舞。

梓婷沒有停步，她離開了小白花。

她邊走邊想，自從上了船之後，她覺得自己看東西似乎變得不太一樣。

她並不害怕，也沒有擔心是不是腦袋出了問題，因為她知道活過三十多個年頭，大部份的時間她都在渾渾噩噩的過日子，她不分日夜的工作，偶有休息的時間，也只是在市區閒逛，她的感官細胞恐怕一直是處於僵化的狀態，而今視野大開，細胞被大自然活化了，感官變敏銳了，自然會發生一些從不曾經歷過的事情。只是她並不知道這些經歷的背後是否有其特殊的意義？是上天在傳遞訊息給她嗎？還是上天企圖要她完成什麼使命？

梓婷沒有宗教信仰，上天代表「未知的世界」，她只希望從今而後能好好過日子，如果能持續不斷地走遍世界，在某一天，她會和一個完全不認識的自己碰面。或許她可以遇到筑妮，和她在恆河的岸邊喝茶。又或許她會再遇到正剛，她會對他的兒女們獻上滿心的祝福，摸摸他們的頭，親親他們的小臉蛋。

至於正剛，她想給他一個擁抱，如此而已。但這個擁抱將會用上她的全心，這個心已經不包含愛情，而是純粹的感激。

21 汪洋

梓婷在窗邊坐定。

無邊無際的海在眼前，帶給她靜好的感覺，連最平凡的美式咖啡都有了濃醇的奶香，雖然她連鮮奶都還沒有加進去呢。她啜飲一口，放下杯子，餐盤上有沙拉，可頌麵包，幾片起司和一個草莓優格。這是她的第一輪，還有好多的佳餚等著她再去拿取。她細嚼著麵包，目光無目的的四望，不自覺地往著餐廳的最角落望去，像是細微的磁針往著南極的方向吸引過去，梓婷終於又看見他了。

她一直很想再看到他，她的心裏充滿了這個人。

他一個人在沙發座，桌前只有一杯飲料，他的雙手環抱在胸前，靠著椅背，眼光在遙遠的海面上，他並沒有注意到梓婷的注視，這讓她可以放心的觀察他。

她看到陽光在他的臉上抹出了深淺不一的細紋，像極了一個年輕小伙子在戲台上扮演著老頭兒，臉上化著妝，但是因為趕時間上場，那妝便似胡亂塗了上去，憑添了更多無謂的皺褶，突然覺得他非常的蒼老。

然而，陽光畢竟是帶著明亮的效果，很快的她就發現到他的年齡與他的外貌有很多不對襯的地方。他的臉上掛著微笑，她循著他的目光看去，有數隻海鳥在幾十公尺遠外的海面上，輕躍顧盼，平展著翅膀，御風而行，遠處幾抹雲彩在天邊飄浮著，她幾乎覺得他是屬於窗外景色的一部分。

因為是這樣的一個開始，踏進一個九萬一千噸位，載客量達兩千零四十六人的巨型郵輪裏，來來往往的旅客中，他卻在梓婷的心裏成了一個具體的形象，從來不曾忘記過他，好像她認識他已經是好幾百年的事了，雖然她實在並不明白為什麼她有這樣的感覺？難道像故事中描述的前世今生？

光鮮透明的大片玻璃反照著海面太陽特有的晶亮，他一個人坐在那裏，像在煙霧裏，四周空蕩蕩的。因為太過醒目，梓婷幾乎是瞇著眼瞧他，好像她正在瞧著陽光。

中午過後，梓婷在房門口遇見隔壁房的老夫妻，他們攔下梓婷，親切地問候著她。

老太太說：「一個人來玩，很幸福喔！」

老先生接著說：「不像我們一直吵架。」

梓婷微笑，看著眼前這對可能鬥嘴鬥了一輩子，卻依舊手挽著手共同旅遊的老夫妻，心裏暖著。

梓婷回道：「有吵架的對象也不錯呀，不像我只能對著鏡子說話。」

老太太溫柔地望著她，拉起她的手，說道：

「我女兒的年紀大概跟妳差不多，如果妳想要有個伴，可以隨時找我們。」

梓婷感動，上前擁抱了這對善良的老夫妻，謝謝他們的關心，並表示自己會好好玩的。

離開前，老先生回頭對梓婷說：「今天晚上有狄斯可舞會，我可以當妳的舞伴喔。」

梓婷帶著笑回到房間，她走到陽台，靠著欄杆看著遠方。

海啊，晶晶亮亮的，閃閃發光，像童話故事裏的魔幻世界。隨著氣候的變化，海的面貌亦隨之改變，沒有一刻是相同的。當風大的時候，海水會被風吹出細白的浪花，小水珠散落在海面上，像一群精靈在跳舞。當風和浪結合在一起時，海的姿勢就不全是柔和飄逸的芭蕾線條了，可能還會舞出佛朗明哥的狂野和任性。這種時候，船身上下不停的顫動，東搖西晃，有些人會開始覺得頭昏眼花，躺在床上，好像回到兒時的搖籃裏。然而，當想起這個大搖籃正處在一片汪洋中時，真像在夢境，界於惡夢和美夢之間。半昏半醒時，對於大自然敬畏的心油然生起，除了感到自身渺小，更感到這顆藍色星球的不可捉摸。

誰才是萬物之靈？

梓婷在陽台呼吸著清涼新鮮的空氣，純潔的氧氣直達肺泡，頭腦瞬間清醒。視野可以看望整片海面和天空，雖就只有白和藍的兩個世界。可是這白，又不全是白的，藍也不是保持著藍。每一秒，隨著陽光的強度和雲朵的位置，白和藍無時無刻的在做變裝秀。有時陽光從雲層中鑽出，一道道的光束排列整齊的投射在海面上，形成一片粼粼晶亮的表面，在四周灰藍的映照下，那一小片晶亮簡直像是神蹟，像是天地間無言的梵唱，像是大自然試圖用圖像來點醒世人。

常常，梓婷希望能看到飛豚的蹤跡，但是海面上總是無邊無際的浪濤，無法想像海面下有多少不為人知的祕密。據說人類對外太空的瞭解比對海洋來得多，真是不可思議。她發覺上船以後，自己幾近飢渴的向海洋汲取某種看不見的東西，心裡知道它在那裡。她盼望有一天能夠懂得自然的密碼，進而解讀人間種種，所謂冥冥，所謂命運。

22 熟悉

第四天的一大早，郵輪抵達阿拉斯加的Skagway斯卡威。船泊岸邊，要到晚上八點才會離開，所以旅客有一整天的時間安排自己的活動。梓婷原本就沒有多餘的預算，所以她並沒有參加由船公司或當地旅行團安排的岸上旅遊活動，像是自然步道健行、市區遊覽車觀光、搭乘百年老火車穿山岳，過樹林、觀看奇石瀑布等，這些都是額外的支出。她只想和大部分的旅客一樣，下船散散步，走馬看花一番。

梓婷下船後在市中心閒逛，也不過是幾條街道，但在群山環繞下，顯得景緻優美，走在阿拉斯加的土地上，真有遺世獨立之感。清清冷冷的空氣，除了三五成群搭著輪船來到此地的觀光客外，似乎見不到當地人，很難想像當年拜淘金熱之故，斯卡威曾經是相當繁榮熱鬧的城鎮。當她踏在石板路上，看著老火車吞吐著白煙，一步一步朝著山林裏揚長而去時的景象，竟有著義無反顧的姿態。她看得癡了，最終只能戀戀不捨的回頭。突然一個熟悉的身影從她眼前經過，梓婷眼前一亮，是他。形單影隻，像她一樣，似乎無目的的在街上晃盪著。梓婷好奇心起，決定跟著他。

她走在他身後約二十步的距離，看著他修長的腿邁著步伐，好像非常輕盈，卻也好像非常沉重。他往著街旁的一家商店走去，梓婷跟著進去，發現是一家紀念品店，裏面琳琅滿目的掛著各種印有阿拉斯的襯衫，帽子，外套等衣物，還有許多的小飾品。商店佔地廣大，左彎右拐的，他走進去後沒有一分鐘，梓婷就跟丟人了，她覺得自己完全沒有扮演偵探的慧根。她自己也被各式的鑰匙圈和磁鐵給吸引住，不停地拿在手裏把玩。有一種鑰匙圈是棕色的軟橡皮麋鹿，輕輕一捏，從屁股的位置便會擠出一小坨糞便模樣的黏性物體，梓婷忍不住發笑，站在那兒將眼前的麋鹿們東捏捏西捏捏，犯傻似的笑個不停，最後決定給自己選個紀念品帶回家。她拿了三個會解便便的麋鹿鑰匙圈和一雙Made in Taiwan的襪子至櫃檯結帳，雖然她一時不知道多買了兩個鑰匙圈能送給誰？等她結帳完畢，店員將紙袋遞給梓婷時，她才猛然想起他，不知道他是否還在店裏。

梓婷走出店家，街上依舊冷冷清清，她站著，等待著，然後閉上眼睛，她不知道自己為什麼做這個動作，但是這個方法可以幫助她感覺到他的存在。她感覺得到他還在附近。她再度睜眼，走到店家門口的長椅上坐下，同船的一些旅客慢慢的往船停泊的方向走去，梓婷看錶，時間還早，索性伸長了腿看著這海邊的城市。不一會兒，長椅的另一端也坐下一個人，梓婷看著他，忍不住心裏高興著。

她心裏想著：「我終於等到你了。」

正當她想開口和他打個招呼時，他看著梓婷，臉上掛著微笑。

他的笑容是淡淡的，幾乎看不出他嘴角的變化。事實上他的整個面龐都是很淡然的，除了深邃深藍的雙眼，藍得晶亮的瞳，他的眉，鼻，唇，都是收斂的，是年輕和蒼桑的結合，是喜悅和悲傷攪和一起的顏彩，梓婷看著他，心底升起一股想掉淚的衝動。

他伸長了手，遞給她一個小紙袋，紙袋上是同一家紀念品店的花樣，一隻跳躍的海豚。她一時遲疑，不知道該不該接受。

她完全不認識他，但是卻又好像已經和他非常的熟悉。

梓婷在長椅坐著，難道不是在等他嗎？

和他近距離的同坐在一張椅子上，他的眼睛飄來了藍色的水光，和梓婷第一次的震憾是一樣的。他仍舊像一團霧氣，只不過多了一點聲音，聲音似乎是從他的喉嚨發出的，有點像舊時人們打電報時的答答聲，但是更細微低沉，聲音細緻，幽幽遠遠的感覺。梓婷無法形容那是什麼聲音。他此時的微笑是淺的，幾乎帶著一點悲傷的味道。

街上的行人漸稀少，遠山清悠，空氣是透明的，幾抹白雲飄過天際，這是極光的故鄉，和梓婷的故鄉在同一顆星球上。在這兒，鮭魚逆流而上，熊與麋鹿在荒野中遊蕩，而梓婷萬里迢迢尋覓的淨土，難道就在這張長椅上？

23 等待

斯卡威的歷史在清冷中逐漸被淡漠。

然而山巒樹林依舊，人們也依舊過著平淡的生活，在時間的洪流中，什麼都將遠去，即始記憶也會有消失的一天。

百年後，紀念品店還會賣Made in Taiwan的襪子嗎？

這張長椅能夠永不腐壞嗎？

然而，至少此刻的長椅上坐著梓婷和他。

長椅上有梓婷和他的呼吸。

聽起來是平緩的，沒有絲毫的不安。

他將紙袋放下。

梓婷開口，說了如細蚊般嗡嗡的話，連她自己都很驚訝。

她說：「謝謝。」然後接過了紙袋。

她打開來，拿出一個有螺旋環狀的貝殼，大小如馬克杯，表面有無數個顆粒狀的凸起，但並不尖銳。貝殼紋路勻緻，淡橘和淡棕兩色相交錯，整個貝殼完美無瑕，沒有一丁點兒的缺角。

他對梓婷做了一個將貝殼放在耳邊的動作。

梓婷依他的手勢將貝殼貼在右耳上，然後她驚訝得說不出話來。海濤聲在她耳邊響起，一波接著一波，規律地傳送著海的聲音。

小時候梓婷曾聽人說過貝殼裏有海的聲音，當時她沒有多想，只覺得那是不可能的事。這麼多年後她真的從貝殼裏聽到海的低語。她想，不論科學上的解釋是什麼，是血液循環的聲音也好，或者是空氣的回聲也好，對梓婷而言，此時此刻她聽到的是浪濤，是海潮，那麼真切，一波接著一波，聲音有高有低，好像連風的聲音也在裏面。梓婷閉上眼睛，眼裏酸酸的，心事開始變得溫柔，有無盡的思念開始綿延，她的一生，她記憶中的情都去了菱角，只剩下感謝。

天地浩瀚無邊，而他，就坐在她的身邊。

理所當然的，貝殼裡的世界就是他們的世界，好像梓婷是他的一部分，而他是屬於海的一部分。

他們就坐在長椅上看街上的行人，梓婷一直將貝殼貼著耳邊，有時偷偷的瞄他一眼，只見他的眼神放在好遙遠的地方，似乎在觀望一切，又似乎什麼都沒有放在眼裏。

史卡威安靜地過著北國寧靜的夏季，在梓婷看來，這種天氣在台灣簡直算是秋末了，在這兒卻是凌晨四點日出，晚上近十點才日落的漫漫長日。她已經忘記時間，她此刻只想和他坐在一起直到日的盡頭。不知道過了多久，他站起身，走到梓婷的面前，伸出他的右手。梓婷毫不遲疑，伸出左手讓他握著，然後兩人一起往郵輪停泊的岸邊走去。

他的手冰涼光滑，梓婷突然覺得這樣的感覺非常熟悉，她應該要小鹿亂撞的心，在他的手心裹，竟只剩下微微的顫抖，像退潮時低緩平穩的節奏。當她將手交給他的時候，好像和他一起到了一個獨立的世界，和身周毫無關聯了。外面世界的風風雨雨都會被他擋在身邊，而他是她的岸。

梓婷覺得自己似乎誤闖了另一個新的時空，然而這個時空卻和她重疊，也和他重疊，手心傳來的是他給她的一個訊息，這個訊息慢慢的打開了梓婷陳封已久的感覺。

是啊，是感覺，充滿能量和愛的感覺，是聞得到風的味道，聽得到雲的歌聲的感覺。

梓婷握緊了他的手，他們一路無言，卻也說了千言萬語。

回到船上，他鬆開她的手，對她微笑，然後消失在電梯裏。梓婷沒有再跟著他，她不知道他的名字，他的房間號碼，但是他送給她一份禮物，她知道這具有特別的意義，有一天她會明白。她也知道雖然輪船這麼大，但是她很快會再看到他，因為梓婷可以感受到他存在的氣息，像是衛星定位一樣，她找得到他。

晚餐後，梓婷散步在甲板上，傾聽浪濤輕拍著船身，發出規律的拍擊聲響，看著船似乎不斷的往著黑暗的深淵駛去。而因著霧氣，星月雲朵在夜空中呈現出神秘的氛圍，夜光迷離下，大海顯得更加內斂了。她不禁想著，此身究竟在何處？

在船上的日子像是一段脫軌的日子。

首先是視野得到舒展的機會，然後就是心情。

無垠廣闊的天涯淡去所有的憂慮；美麗夢幻般的海角消弭了無謂的眷戀，她可以清楚的記得這種感覺，她知道這種感覺將跟隨著她直到人生的盡頭。

當海還原成海，天依舊是天時，梓婷已經不是阿梓了。

她會記住這所有的一切，而他在這裏面。

當她走在繁忙的城市街頭，當她對人世間的紛擾看不破，糾葛轉不出的時候，她希望想起這片大海，以及在海上悠悠晃晃的美麗時光。

24 秘密

傍晚時分，梓婷躺在床上想著這些天的事，想著他的眼睛有著震攝人心的力量，帶給梓婷無可言喻的平和。她正胡思亂想，忽然聽到門鈴響起，梓婷一跳起來，想到房務人員羅賓可能要來整理房間了。羅賓一天會整理房間兩次，晚上主要是疊好床被，在枕頭上放兩顆巧克力，一張晚安卡片和明日的行程介紹。來自印尼的羅賓每次看到梓婷總是大聲招呼問候，非常友善。在郵輪工作的薪水是非常低的，真正的收入是靠小費。他們勞心勞力工時長，所以無不使出渾身解數，期望各方面的服務都能達到五星以上的水準，在假期結束時旅客們能夠心甘情願的掏腰包給出豐厚的小費。梓婷覺得羅賓的笑容含有感激的意味，因為梓婷的房間幾乎無需整理，羅賓大概只要花平常整理一個房間的五分之一時間就可以解決了，所以羅賓也會在晚間整理後，在她的枕上放著四顆巧克力。

梓婷起身開門，卻是隔壁的老夫妻，穿著一身正式的禮服，讓人眼睛一亮。

梓婷驚聲讚美：「您們看起來好棒！」

老太太裘蒂笑著，又拉起梓婷的手說：

「謝謝喔！我們正想問妳要不要一起吃晚餐呢？」

老先生艾力克一臉嚴肅，在旁接口說：

「她已經受不了每天跟我用餐，和同一個人一起吃了五十年的飯了，一定要換個人才行。」

裘蒂完全沒有搭理他，等著梓婷回答。

梓婷此行完全沒有準備正式禮服，她也不知道這十天九夜裡有三個晚上是正式餐宴。當然有很多旅客喜歡自由自在，碰到正式餐宴的日子便至其他不需穿著禮服的餐廳用餐，畢竟可填飽肚子的地方很多。

梓婷只好告知實情，並說道：

「您們慢慢享受，等晚餐後跟您們約在五樓的酒吧碰面，聽說今晚的音樂是八零年代的舞曲喔！我很喜歡那時候的音樂。」

艾力克露出不可置信的神情，回道：「妳不是才十七歲嗎？」

梓婷很想上前抱一抱眼前這位可愛的老先生。

裘蒂點頭，說道：「這是很好的主意，今晚我們可以談女人們的話題。」

艾力克在裘蒂的身後對著梓婷扮了個鬼臉。

看著他們離去的背影，梓婷突然覺得有伴是一件很快樂的事。雖然她聽多了冤家的故事，有伴當然不能保證幸福，但是人總是會在某個時候，希望身邊有個人，即使什麼也不做，就像她曾在長椅上靜靜地享受他的氣息，他在梓婷的身邊，她好喜歡。

晚上十點，梓婷隨意套上襯衫和牛仔褲，準備前往酒巴和艾力克與裘蒂碰面。郵輪上的各個餐廳，表演廳和酒吧等處所仍是人來人往。十點多正是第二場的舞台秀結束的時候，散場的旅客也不急於回房安睡，趁著夜色美好，都想要盡情的享受每一分秒。

晝短苦夜長，何不秉燭遊呵。

她到達酒吧時，樂團已經開始演唱，歌手賣力的唱著她熟悉的老歌，舞池中央也有許多夫妻檔扭腰擺肢，自得其樂的樣子。梓婷點了一杯長島冰茶，一邊啜飲著，一邊找艾力克與裘蒂。她很喜歡看別人跳舞，特別是那種不太會跳舞的人，連拍子都沒有跟上的，像她一樣的平凡者。這些自在的舞者，在燈光音響環繞下，總是忘我地擺動肢體，讓人看了很開心。覺得不需要在乎他人的目光，自己能高高興興的沉醉在當下是最快活的事了。

梓婷的腳底隨著音樂點擊地面，開始感到放鬆。不一會兒，歌手換唱慢板的情歌，許多人下場休息，也有人上場溫習浪漫的年輕時光。梓婷這時看到他們了。艾力克牽著裘蒂的手往舞池中央走去，然後隨著音樂舞動起來。艾力克有時會在裘蒂的耳邊說話，梓婷可以看到裘蒂的笑容。

他會對她說什麼呢？

經過了五十年的婚姻，一萬八千多個日子，朝夕相處，還能說著讓另一半露齒微笑的話，這會是什麼樣的情感基礎？這樣的夫妻彼此間還會有秘密嗎？恐怕連話都不用說出口，對方就已經知道心裏想說的話了。

梓婷並不想打擾他們，她一口飲盡了長島冰茶，打算到十一樓的甲板上散步，吹風，這可以幫助她頭腦清醒，而且此生能有多少次這樣的機會，在海的中央看海呢。

當她走到樓梯口，準備走上階梯時，她聽到一聲歎息，這聲音似乎在她耳邊，但又似乎從非常遙遠的地方傳來，特意讓她聽到似的。她遲疑了一會兒，離開階梯，逕自往電梯走去。她按下往樓上的按鍵，心臟開始狂跳，她覺得有什麼事情在等著她。

25 歌聲

電梯到達梓婷的樓層時發出一聲輕脆的叮音，當門打開時，不出梓婷意料之外，她看到他在裏頭。但是他卻面無表情，失魂落魄般地呆立在最角落。他的眼睛失去了白天見到他時的光彩，藍光消失了，取而代之的似乎是灰濛濛的眼翳。

他的身邊站著一對穿著晚晏禮服的中年夫妻和兩位年輕的女孩。女孩們穿著緊身的黑色迷你裙洋裝，畫著濃妝，長長的眼線簡直可以勾魂了，一副準備去狂歡的模樣。中年夫妻則是衣著光鮮，女士身著貼著亮片的紅色長禮服，整個電梯好像燃著火焰和熱情，梓婷一時無法確定自己走到了什麼地方。也因為他們的存在，對照出他的單薄和黯淡，他的角落沒有光，火焰和熱情都被無形的防護罩給隔絕了。雖然他看到梓婷，但是眼神卻沒有對焦，好像散了，目光穿越她的臉，然後在她的身後散開了。

梓婷覺得電梯內的氣溫陡降，她順手將襯衫的領口拉緊，縮了一下脖子，和大家互相點頭微笑，然後偷偷的瞥眼那個陰暗的角落，想再看清楚他，但這時她突然聽到了聲音。

梓婷一邊回想自己從踏上郵輪的那一刻起，她就常常聽到一種奇特的聲音。她相信只有她一個人聽得到這細微的聲響，因為當她聽到聲音而四處張望，想要找出聲音的來源時，身邊的人沒有一位有特別的表情，像她聽到聲音時露出疑惑的神情。有幾次，她是在夜深人靜的甲板上突然聽到的。經過數次這樣的經驗後，她想起來，那聲音就像是大翅鯨在海洋裏的歌聲。梓婷曾經在動物節目中聽過鯨魚的歌聲，牠們的的聲波，從海洋中直達她的腦海，空靈幽遠，清淡濃烈，第一次聽過後便永難忘懷。從此，任何有關鯨魚海豚的節目立刻成為她的最愛，只要沒有和上班時間衝突，鯨豚的身影前永遠都有梓婷的身影相伴，梓婷的眼光隨著他們跳躍和覓食，隨著牠們在海水中悠遊，讓想像奔馳，讓牠們帶著梓婷生活，梓婷也讓自己參與了牠們的生活。

她甚至立誓，此生一定要與鯨相遇。

此時此刻，在狹小的電梯裏，她又聽到了，大翅鯨的歌聲，透過了耳膜，振動了她的聽小骨，在腦海裏起了波濤。梓婷驚訝的望望身邊的人，在這狹小的電梯內，盛裝的夫妻和狂野的女孩們，都沒有一點兒表示，連個細微的表情都沒有出現在臉上。這時候，梓婷恍然了，她終於百分之一百的確定，只有自己才聽得到這奇異的聲音，而這聲音是從他身上發出來的，她就是知道是他，沒有別的了。

當他發出聲音時，他的眼光不在眼前，而是在遙遠的海洋。即使他在這個封閉的電梯裏，四面鏡子，他看到的景象卻是別人看不到的。

梓婷突然一陣鼻酸，很想流淚，她轉身背向大家，面對著門的方向，從門的反射可以看到身後的人，此時中年夫妻互望著，微笑著，兩個年輕女孩正低聲說笑，看著彼此塗得血紅的手指甲，發出如同鳥兒般咭咭咯咯的聲音。

而他，筆直的站在角落，在電梯裏，也像沒有在電梯裏。

他身邊的黑影旁出現了霧濛濛般的光。

26 傳溫

電梯到達十一樓。

十一樓是頂樓，連接甲板層，中年夫妻和女孩們走出電梯，往舞廳的方向走去。梓婷跟著走出去，她站在電梯外面等著他，雖然是幾秒鐘的時間，她卻覺得歲月悠悠了。他步出電梯，對著梓婷微笑，梓婷鬆了一口氣，不知道是誰回神了，好像是他的魂回來了，讓梓婷的雙腳終於著地。梓婷走向他，牽起他的手，他沒有驚訝，也沒有特別的高興，一切似乎都在他的預期中。他的手依舊冰涼，梓婷覺得今晚應該換她來安慰他。

他們走到戶外，游泳池在黑暗中罩著紗網，如果不是看著池水前後晃盪，梓婷沒有感到船身的晃盪。她本來牽著他的手，但是走沒幾步，就變成梓婷跟著他走，像是跟著自己的魂魄。梓婷回想這一切，他這個人，讓她無法控制的想和他在一起，僅僅只是跟著他的腳步，呼吸著他呼吸的氣息，聽著他發出那奇特的聲音，梓婷的心就靜下來了，彷彿天地間只有這段故事在進行。

然而也有許多的問號在她的腦海中。

為什麼他會發出如大翅鯨的歌聲？

為什麼只有她聽得見？

甲板上風勢強勁，雖然在六月的盛夏時節，北國的夜晚冰冷如寒冬，梓婷無法控制地發抖，渾身寒毛直豎，他們走到船邊，靠著欄杆，接著梓婷感到一股強烈的暖流從他的手掌傳過來，流向她的四肢，回流到她的心臟，然後傳到每一條末梢神經，像武俠小說形容的那樣，讓她全身氣脈充沛，暖洋洋的，身體不再感受到寒冷，連海風吹在身上都像是春風拂人般。梓婷驚訝得說不出話來，她注視著他，她聽到他在對她說話：

相信這個世界的無限寬廣。

世界上有很多的事情，
也許我們看不到，聽不到，或感覺不到，
或我們無法理解，
這些，
都不能代表「他們」不存在。

「他們」是什麼？

此刻梓婷沒有看到他開口說話，卻聽得到他說話的聲音。她想起自己作夢的時候常常有這樣的情形，夢裡昏天地暗，安靜無聲，可是卻有許多的對話在進行。沒有人開口，但是梓婷和夢裏的人物都知道彼此在說什麼。

這是消失了的第六感嗎？

當我們不再依賴五官，第六感便啟動了嗎？

是他啟動了梓婷的第六感，還是這根本都是想像？

梓婷的手讓他握著，感受著源源不絕的溫度。剛剛在電梯裏發生的事，自然的消失了。像人們的情緒一樣，莫名的感傷，莫名的愉悅，如陰晴圓缺，時間過去，也抹去這些光影。

眼前是深黑的海洋，連月光都躲在厚實的雲層下。表面上一片死寂，實際上卻是熱熱鬧鬧的生命在黑暗中流動。梓婷不再多想，她順著海洋的律動，如歌的行板，和他一起走進了時光之流。

當她睜開眼睛時，藍天已大放晶亮，梓婷發現自己睡在甲板的躺椅上，身上蓋著條薄被，一些早起的旅客已經在她身邊來來去去，有的散步，有的慢跑，更多是觀望海景，沉默地靠著欄杆，望著遠方。對於一位睡在躺椅上的女孩，旅人見怪不怪。誰不會想安睡在星空下呢？仰頭是星河，吸著海風，拂面的是海的溫柔，甲板上的夢怎能不香甜？

梓婷對於前夜的事情記得很清楚，只是她不記得他是何時離開的，而她也不知道什麼時候在躺椅上睡著。她坐起身，伸展手臂，轉頭才注意到躺椅邊的桌上放著一個貝殼，和他之前送給她的貝殼一模一樣。她回到房間，將兩個貝殼並排放在書桌上。

回到小陽台，望著海洋，梓婷口中哼起了歌。

27 釋放

這一天，郵輪停泊在Icy Strait Point，這個島嶼在Juneau朱諾西方五十哩外，輪船到達時間為早上八點，需另搭乘接駁的小船上岸，一整天都有旅客陸續登船上島。梓婷帶了旅行背包，踏上這一個文靜的小島。島的岸邊鋪設木板路，梓婷一邊散步吹海風，一邊駐足欣賞海景。島上有簡樸的原住民博物館，陳列各式手工藝術品。梓婷步行至鮭魚罐頭食品工廠，聽說當年這裡漁業非常發達。漁獲工廠內陳設著製作鮭魚罐頭的所有加工機器，牆壁上貼著相片，介紹製作的流程。從圖片中可以瞭解漁船捕獲魚群後，先置放於大槽內，然後由工人以長魚叉做分類動作。黑白相片中黑跡斑斑，分類後的鮭魚送上斷頭斷尾台，景象是魚屍魚骸遍地，血流成河。至裝罐頭、包裝出售，整個過程是慘不忍睹的。參觀工廠的最後地點是當年的辦公室，旅客可在辦公桌上自取一份設計成員工「打卡紙」的紀念品，正面有1912數字，背面則為生產線的流程介紹。梓婷拿了一張，夾在筆記本裡，她不禁佩服當地政府的巧思，將一個簡單的工廠，變成一個簡單的博物館，保留著當年使用的機器，配合簡單的文字及黑白相片。灰牆白燈，只有檯面和水泥地上的死魚模型有鮮紅的漆。梓婷不是素食者，她慶幸自己沒參觀過活生生的鮭魚罐頭工廠，不然以後不知道要如何面對鮭魚罐頭。

人哪，就是這樣，眼不見為淨，她不禁為自己的虛偽歎息。

返回船上，已過午後，空氣飄來涼意，梓婷披上外套到餐廳享用下午茶。

梓婷選了離餐檯最遠的角落，靠著落地窗。陽光直接照射這一整排的座椅，她自己最愛坐的就是那幾張熱呼呼的位置，由於餐廳的設計呈半圓弧形，拐到倒數這幾桌時，不用轉頭，藍天白雲自在眼前開展，座位的正前方就是銀粼粼的大海。

梓婷走向咖啡機。今天的餐廳顯得稍微空盪，想是還有許多旅客還沒上船，還在島上活動。她拿了空杯，放在機器檯上，按了鍵，聽咖啡機乎隆隆的磨豆聲音，然後和著沸水沿管子注入杯內，只要一根指頭就能有一杯熱騰騰的現煮咖啡，她不得不感謝現今科技帶來多少的便利和享受。當她從咖啡機的底盤拿起剛煮好的咖啡，準備離開時，身邊出現一雙白淨的雙手，遞給梓婷一只白色的磁碟，她知道是他。她伸手接過，放上咖啡，轉頭看著他，輕聲說道：

「謝謝。」

他跟在梓婷身後，當梓婷坐下時，回頭已經不見他的人影。

梓婷沒有訝異，他出現在她身邊，也消失在她身邊，這一切已經變得理所當然，那一雙手，似乎隨時都能遞給她需要的東西。她覺得冥冥中他們是在一起的，雖然她不明白為了什麼，梓婷並不急著尋找原因，她的直覺告訴她，有一天她會知道。

她啜飲著咖啡，望著海水，想著他。回轉頭時看到他又突然出現，端了一個碟子在她面前坐下，碟子上放著一塊巧克力蛋糕，他將蛋糕推到梓婷的桌面上。

梓婷感動得握了一下他的手，笑著說：

「你怎麼知道我最愛吃巧克力蛋糕？」

梓婷並不期望得到他的回答。

她覺得在他面前，語言似乎變成了一個多餘的東西，人們一輩子要說多少話呢，而有多少話是發自內心，是絕對必要說出口的呢？

她看到他，感受著他有一顆溫柔的心，這似乎就已足夠。

他看著梓婷品嚐著蛋糕，微微笑著。

她似乎明白了，她對面前的他非常熟悉，因為她曾經在哪裡見過他，雖然她幾乎可以確定這是不可能的，但是世間事有什麼是不可能發生的呢？

她望進他的藍色眼眸，似乎看到了她自己在那裏面的什麼地方。

為什麼她感到非常悲傷？

是她的悲傷？

還是他的悲傷？

他看著梓婷吃喝著點心，很有興趣的樣子。梓婷對他說道：

「謝謝你送給我的貝殼，海的聲音很好聽。」

他將目光再度放回窗外的海面上，梓婷聽到他心裡的聲音：

「那是我住的地方。」

梓婷伸出雙手緊握住了他的手，對他說道：

「我不知道你是誰，但是我覺得我認識你。我可以感受到你有很多的憂愁，我想幫助你。你可以告訴我嗎？」

他讓她握著，但是抽出一隻手輕撫梓婷的面頰，這個動作讓她瞬間掉下淚來。淚水滑落在他的手上，她傾身向前，讓他的手抹去梓婷的淚，然而，淚水讓她想起那個夜晚，他的手的觸感像倒轉的影片，梓婷從水影中開始看見過去的點點滴滴，她曾忽略的線索。他的手掌喚醒了記憶，釋放了她壓抑許久的情緒。

當電視螢幕被鮮血染紅，當捕鯨船發射出尖銳的鏢槍，當標槍命中目標，當輓歌響起，當正剛的聲音從話筒的那一頭傳來……

那一夜，到底發生了什麼事？

28 夢境

那一夜，她做了一個夢。

夢裡的她和正剛走在一條通往森林的路上。森林裡寂靜無聲，只有他們踏在落葉上發出細碎的聲響。森林給她神秘的感覺，讓她想著「魔戒」中的樹林，那些樹幹與枯枝代表著千萬年的精靈，遠在人類出現以前，這些樹靈已經看盡滄海桑田，他們選擇靜默，卻不代表無視，因為所有的樹靈們的智慧早已經超越了人類智商所能理解的範圍，他們選擇靜觀，用以彰顯人們的無知和漠然。

樹啊，看著他們往命運的路上走，在梓婷的身後揮著手，枝葉窸窣落下，淹沒了他們剛剛經過的路徑，看不見來時路。

梓婷聽到樹木們的呼吸聲音，她對正剛說：「你有沒有聽到？」

正剛拉著她的手，筆直的往前方走著，沒有回答。她聽到細細的笑聲，然後一個聲音鑽入腦海：「不是每一個人都聽得到。」

梓婷不記得夢境裏是否有風，也不記得空氣的味道，但是正剛的手的觸感卻非常清晰。溫暖厚實，在夢裡她幾乎可以因為這樣的感覺而原諒了所有在感情中不真實的欺瞞。

然而，正剛其實沒有對她許過諾言，他也無需對她交出他所有的秘密。坦身露體不代表坦誠相見，各人有各人自在的角落以供隱藏，這是必需的，有祕密才不會失去自己。

她自己何嘗不是默許了黑暗面的存在？

梓婷聽著規律的呼吸聲，像催眠師的鐘擺，一切都可以睡去，她可以選擇遺忘，和正剛走到沒有是非對錯的地方。

他們就這樣走著，然後走出森林，到了一片廣大的草原，草原的另一端是大海。

這時候正剛說話了，他鄭重的對著梓婷說：

「他們在等妳。」

說完話，正剛就突然在她的眼前消失了。梓婷一陣錯愕，正當她東張西望，試圖尋找正剛時，她聽到遠遠傳來嘻笑的聲音，循著聲音望去，海面有許多的鯨豚在跳躍著，牠們高聲歡唱，擊打水面發出清脆的叮鈴聲，梓婷看呆了，她可以感受到牠們內心的快樂，牠們的聲音是那樣的甜美和溫柔。一隻海豚跳躍到半空中，表演花式跳水，轉了三圈後直入海面，梓婷聽到牠們在鼓掌叫好。一隻大翅鯨唱了一首優美的情歌，歌聲傳送了千萬里，梓婷聽到了回聲，牠的伴侶也正幽幽揚揚地傾訴衷腸。

天空飛舞著許多不知名的昆蟲，梓婷覺得自己可能到了地球的另一端了，毫無人煙的處所充滿寧祥的氣氛，她不知道在草原上站了多久，然後她就被點醒了。

「點醒」，是一瞬間完全的清醒。

不是因為聽到聲響或被碰觸而醒來，是被一種我們看不到的東西所喚醒似的，可能經由電波或是我們完全無法理解的方式。

總之，明明好夢正酣，梓婷卻是一秒鐘內眼睛便睜開了。當眼睛一睜開，腦中清醒異常，即使是早晨睡飽了醒來，都不能夠有這樣神智清明的感覺，好像深深的吸了一口喜馬拉雅山上的清冰空氣，瞬間覺得自己有能力面對任何的事情，覺得清白的視界與腦袋，可以容下各種經歷。

梓婷不曾有過這樣的經驗，她感到以這樣的方式清醒，一定有什麼事情即將發生。

果然，她一醒來，耳邊還聽到鯨豚的嘻笑聲，但是電視竟然還是開著的。國家地理頻道正播放著「鯨魚的悲歌」，她看見畫面上的鯨魚正在做垂死的掙扎，鏢槍在牠的體內撕扯著牠的心臟，肺臟，肝臟，血管……

她的心碎了，淚眼模糊中她看到了一團煙霧，電視的畫面起了煙霧，在遠處的海面上有個身影，和鮮紅的血水重疊著。

她與正剛分手的痛，重疊在血染汪洋的痛楚裏。

夢裡的樹靈們齊聲歎息哀悼，梓婷的那一天晚上，似乎是過了一個世紀那樣的久。

梓婷平淡的生活在那一天晚上被攪動了。雖然當她醒來時一切都回復到正常的軌道，但是她看不到的是軌道的另一端已經不是原來的風景了。

現在在她面前的是一個謎樣的人物，勾起了她曾經遺忘的夢境，讓她悲不可遏，好像要將一世紀的苦都一併發洩出來。

29 陪伴

日出時間—清晨4：09
日落時間—晚上9：44

昨天在餐廳似乎流盡了這輩子累積的淚水，他坐在她的面前，像一片藍色的大洋，可以吸收進無盡的人間悲歡，他任梓婷發洩，好像梓婷也替他流淚。淚眼中梓婷想起的夢給了她連結的點，她知道當這些點連成一條線時，她就會知道答案了。

他陪著她不知過了多久，梓婷感到非常疲倦，便先回房間休息。離開時，他的藍色眼睛閃閃發光，他將手掌貼在耳朵上，比了一個聽貝殼的手勢。

梓婷點頭，紅腫的雙眼帶著笑意。

遙遠的和身邊的，都是虛幻。

相聚和分離，生存與死亡。

一切都已經過去了。

她回到房間後拿起一個貝殼貼在右耳，躺在床上。迷迷糊糊中，這一次，她聽到的並不是浪潮聲，而是鯨魚的歌聲。

醒來時竟已是隔日一早，她整整睡了近半天的日子。

梓婷望著鏡中的自己已恢復原貌。沒有紅腫的雙眼，沒有淚痕，這一張臉像是經過洗滌似的清白。貝殼仍在枕上，她拿起貝殼貼在臉頰，冰冰涼涼，是他的手掌的感覺。

她走到陽台，想起梭羅在「湖濱散記」中說的話，他說：

「大自然——太陽和風雨，夏天和冬天——無法描述的慷慨和仁慈，永永遠遠提供我們人類的那種健康、那種歡欣！對人類的那種同情：若有一人有正當理由而悲傷，則整個大自然將與之同悲，日光將為之昏暗，風為之歎息，雲為之落淚，樹葉為之零落，在盛夏穿上喪服。大地不向我說話嗎？我本身不就是部分的沃土？」

她和他的悲傷已經在海洋中得到救贖。

在大自然的懷抱中，他透過鯨之聲，給了她撫慰。

她替他在塵世中找到滌淨傷口的良藥。

那就是陪伴。

梓婷起身漱洗，決定下船到鎮上重新開始，好像傷口已漸復原，她可以好好再以新的眼光來迎接今天的節目。

經過清冷的史卡威和文靜的Icy Strait Point二站，當輪船駛到Ketchikan克其坎時，竟有了熱鬧的感覺。街道商店林立，聞名的「小溪街Creek Street」，遊人如織。歷史悠久，代表原住民文化的圖騰桅杆，在克其坎的文化中心有全世界最完整的收藏。只見下船一遊的人多了，街頭巷尾都是坐船來的觀光客，在四處閒逛。梓婷對於阿拉斯加的歷史並未研究，這些城鎮看來大同小異，不變的是群山環繞，空氣清心，綠樹綿密。克其坎的眾多紀念品店前，多會擺置超大的，毛絨絨的棕熊、北極熊或麋鹿等布偶，供遊客拍照。梓婷每見一隻，必上前擁抱，拍照留念。當她正抱著一隻棕熊請別人幫她拍照時，聽到裘蒂的聲音。

「婷，終於找到妳了。」

只見裘蒂和艾力克手挽著手從遠處走來，梓婷跑過去和他們擁抱。

艾力克笑著說：

「妳看起來又年輕十歲了。這真是不公平，我們每過一天老一天，妳卻是每過一天年輕一天。」

裘蒂拉著梓婷的手問候她這幾天的日子。梓婷說自己就是不停的吃喝睡，裘蒂看著梓婷的臉帶著驚訝的神色，她說：

「婷啊，妳看起來非常不一樣，是很好的感覺，妳有遇到什麼人或碰到什麼事嗎？」

她這麼一問，反倒是梓婷露出驚訝的表情。艾力克在旁邊起哄，他說：

「老太婆成精了，能看出別人的心事。」

他靠近梓婷的耳邊繼續說道：

「告訴我們沒關係，把我們當成妳的父母，我們可以幫妳看一看那個人可不可靠。」

梓婷哭笑不得，連忙解釋：

「沒有啦，就是認識一個朋友而已。我是太放鬆太舒服了，所以看起來不一樣罷了。」

裘蒂似乎沒有在聽梓婷的解釋，她定定的看著梓婷的眼睛，帶著慈愛的眼神，梓婷被她盯得有點兒不自在，卻也無法逃開她的關心。

幾秒鐘後裘蒂開口了，她說：

「孩子，妳的眼神變了，很漂亮，但是妳這個朋友似乎和我們都不大一樣……」

梓婷睜著大眼，簡直不敢相信自己的耳朵。她輕聲回道：

「他的確和其他人不太一樣，我不知道要怎麼說才好。」

艾力克接口說：「我們等一下回船上餐廳好好聽妳說說這個人。」

裘蒂點頭，難得認同艾力克的話，說道：

「妳如果沒有特別要做的事，我們兩個鐘頭後在餐廳一起喝咖啡，好嗎？」

梓婷應允，他們繼續逛著，梓婷則往登船的方向走去。

30 呢喃

梓婷記得筑妮曾跟她說過，正剛這個人會改變她的世界，也會藉由正剛，梓婷會到一個不一樣的地方。筑妮甚至也說過這趟旅程會改變她的一生。

她的一生是什麼？

她的世界是什麼？

裘蒂和艾力克看出了她的改變，而變得不一樣的究竟是什麼？

此刻，有一件事情，清楚浮現。

她想起去墾丁的第一天晚上，當她在浴室專心刷牙時，突然聽到海浪的聲音。在海邊當然有浪聲，只不過這晚的浪聲竟然很大聲，幾乎是瞬間在她的耳邊增加五十分貝。梓婷嚇了一大跳，浪聲大得壓過了水龍頭的流水聲。她不記得氣象報告說有颱風來襲的消息，她可不希望好不容易出遊的日子卻遇到天公不作美。

她跑出浴室，從窗戶往外看，浪頭並不高，就像平常的夜晚。她聽不到任何聲響，整個房間寂靜無聲。她才想起，在室內是聽不清楚浪濤聲的，她看了一眼緊閉的大門和窗戶，剛才的聲音從哪裡來？

她回到浴室，快速刷洗完畢，其實，是草草結束，說不出是甚麼感覺。就在關上浴室門的一剎那，浪聲又在耳邊響起，她停下腳步，原本驚詫害怕的感覺竟消失無蹤，取而代之的是淡淡的喜悅和悲傷。這像是站在無垠的海岸邊或是蒼老的森林裏時，突然感到有什麼偉大的事情即將發生似的。她呆呆的站在門邊有十多分鐘，燈剛剛被她關掉了，只有室外走廊的壁燈，窗外樹下的投射燈，讓她不至於處在完全的黑暗中。

她望向戶外，風平浪緩，樹木靜止的，好像也睡著了，可見一點風也沒有。

她慢慢走向沙灘，已經是午夜時分。

那是她第一次走在夜裏的海邊。由於海灘上還有年輕男女在玩樂呢，梓婷並不覺得害怕。

夜晚的海有香草般青新的味道，她深深吸著氣，拖下鞋襪，踏在沙子上，才驚覺原來此刻的沙子，濕軟冰涼，好像踏在含著草莓顆粒的果凍。她慢慢提起腳，又慢慢放下，回頭時，沙灘上留下深深的腳印，一陣陣浪花捲上岸又退回去，將她的足印給洗去了。

那是她第一次真正的與大海接觸。

遙遠的星月，主宰著地球上海洋的漲潮與退潮。那麼遙遠，卻有著莫大的能量，超越了梓婷的理解力與想像力。

磁場，運行，軌道。

光年，引力，潮汐。

周而復始的是梓婷自己的墮性。沒有目標的過日子，雖然也像大部分的人們，內心有許多願望。她想發財，想環遊世界，想談一場轟轟烈烈的戀愛……然而除了上班，幾乎窩在家裏，梓婷知道行動力的重要，可偏偏就是任時間一年一年的過去。這回兒好不容易走出了台北的範圍，她才知道原來自己是多麼依戀海洋。梓婷當時還沒有遇見正剛，同行的夥伴都到沙灘的另一頭狂歡去了，留下她一個人暈頭轉向，不過貪喝一杯，弄得她提早告辭，卻又莫名地碰上了將她喚醒了的浪聲。

她感受著腳底的冰涼，後來索性坐在沙灘上，潮水打溼了她的衣褲，她望著明月，想起唐代詩人張若虛的名詩「春江花月夜」。這首詩的其中一段是她自學生時代就耳熟能詳的，此刻回到腦海，詩意竟然復活了。她以為踏入社會等於身陷泥淖，出不了污泥，也開不出無染的蓮花。然而海水施展了魔法，讓梓婷詠歎著春江春水，在深夜的墾丁海邊，看到了隱藏已久的另一個自己。

江天一色無纖塵，
皎皎空中孤月輪。

江畔何人初見月，
江月何年初照人。
人生代代無窮已，
江月年年望相似。
不知江月待何人，
但見長江送流水。

梓婷聽到自己的呢喃，孤月照射在海邊弄潮的人兒，夜也越來越深了。

31 存在

梓婷到達餐廳的時候，看到裘蒂在窗邊的位置對她招手，陽光照在她的身上像舖上了一層金粉，梓婷覺得裘蒂似乎坐在那個位置已經有數十載的光陰了。

她坐定後問道：「艾力克怎麼沒有來？」

裘蒂笑答：「這是我們女孩子家說悄悄話的時間，我不准他來。」

梓婷可以想見艾力克堵氣的模樣，忍著笑意，一時之間不知道這悄悄話要從何說起？

裘蒂問道：

「妳要不要先去拿些吃的？」

梓婷這時才注意到肚子真的餓了。她走到糕點區，看到巧克力蛋糕，想到那一天他的溫柔，她要如何讓裘蒂知道這個謎樣的人？

回到座位上，裘蒂放下書本，梓婷注意到裘蒂在讀「魔戒」，心中一喜，看到別人讀著和自己一樣喜愛的書，立刻可以拉近彼此間的距離。雖然她對於裘蒂和艾力克這對老夫妻就如同老朋友般，有著自然親近的感情，但是「魔戒」發揮了加乘的作用。

她忍不住開口問道：「裘蒂，妳相信神，鬼，精靈或是一些奇異的事件嗎？」

裘蒂拍了拍手邊的書，用力的點頭。梓婷微笑。

裘蒂回道：「人類沒有辦法解釋的事情實在太多了，即使如艾力克一輩子都在從事生物科學的研究，他還是沒有辦法跟我說明為什麼人在說謊時臉會漲紅。」

梓婷露出疑惑的表情，裘蒂繼續說……

「即使到二十一世紀的今天，科學家還是沒有辦法解釋人類在說謊的時候，為什麼臉部會潮紅？雖然我們知道這跟血液加速循環有關，但是在演化的過程中，這種反應是完全不合理的。演化是為了要適應良好，能躲避災難，結果卻在這一點上露餡了，反而變成一個意外的把柄，不符合演化的邏輯。」

梓婷聽得興致盎然，她看著裘蒂滿佈皺紋的臉龐，因為微笑，牽動了線條，像極了一張神秘的外星圖案。梓婷注意到她的眼珠也是藍色的，但是深藍，有著沉穩的感覺。是沉靜的海洋，沒有大風大浪，好似海洋誕生的那一刻起，天與地瞬間共同決定的藍，毫不遲疑，充滿了堅定的意味。

歲月帶走了人類的青春，卻賜給人類智識上的洗鍊。

裘蒂專注地看著梓婷，握住她的手，說道：

「孩子，妳可以相信任何妳想要相信的東西，前提是妳必須先相信自己。一旦相信自己，又有什麼好懷疑的呢？」

她放開紫婷的手，喝了一口茶，繼續說道：

「像我活到這把年紀，妳覺得我會有什麼不相信的事嗎？我什麼都相信，因為我什麼都不知道。好像什麼人說過類似的話，人類的知識越豐富，才會知覺到自己知道的東西有多麼的少。」

梓婷覺得她的話很有意思，目不轉睛地看著她，希望她能繼續說下去。

裘蒂開心的笑出聲來，好像在嘲笑自己。

她說：「妳看我這個老太婆在胡言亂語。」

紫婷說道：「妳別這麼說。我知道妳肚子裏有很多東西可以教我。」

裘蒂看了一下窗外的景色，遠山近水，綠意盎然，阿拉斯加果真是一片世外桃源，地球上一塊珍貴的淨土。

「我不知道他的名字，也不知道他從哪裏來，要到哪裏去。我只知道我可以感覺到他的存在。」

梓婷似乎是對著窗外的風景自言自語，裘蒂溫柔地看著梓婷，等著她說下去。

梓婷將目光放回裘蒂深藍色的眼瞳中，說道：

「我知道他心裏對我說的話，即使他從來都不曾開口。」

梓婷從身邊的手提包中拿出貝殼，放在裘蒂的手裏，說：

「他送給我的，我曾經在這裏頭聽到歌聲，而我的直覺告訴我那是他的聲音。我希望妳不會覺得我瘋了。」

裘蒂拿起貝殼仔細地觀看著，她用指頭輕撫著貝殼的螺旋狀紋路，輕歎道：

「好漂亮喔！」

她遲疑了一會兒，然後將貝殼放在耳邊，閉上了眼睛，臉上有著認真的表情，梓婷盯著她，心跳開始加速，好像在等待答案揭曉。

接著奇事發生了。

梓婷看見裘蒂的眼皮輕輕的顫動著。

然後，淚水從她的面頰滑落。

32 永恆

日出時間——清晨04：12
日落時間——晚上10：25

冰河，壯觀與寧謐的自然奇景，深深打動著人們的心。當梓婷得知此航線可以看到冰河時，曾拉著筑妮的手又叫又跳，興奮不已，對於正剛曾有的怨懟，早已功過相抵了。她不禁覺得諷刺，一趟郵輪之旅好像可以化解一切的恩怨仇恨。這樣說來，十幾萬的旅費的確可以買下她和正剛五年多來的纏綿，可以讓感情劃下完美的句點，像正剛信上所言，一個美好的結束。

這可是人性的弱點嗎？

離開克其坎後繼續北上，氣溫越來越低，在陽台時，避寒衣物幾乎全部穿上。觀賞冰河是此行的重頭戲，因此，隨著天氣的感受變化，船上似乎被一種肅穆的氛圍所籠罩。早餐過後，在甲板上的旅客越來越多。近中午時，全船的人幾乎處於待命狀態，沒有陽台的客人多集中在各層樓的甲板，靠著欄杆，目視前方。空氣是凝重的，沒有人說笑，純粹在等待。

專心的等待，真是幸福的感覺。

突然，浮冰出現！從一兩塊大小不一，到整個海面都是碎冰，冰塊融化ㄘㄙ的聲音不絕於耳，似置身在一個巨大的冰箱裡。浮冰的顏色從清藍、雪白，到夾雜石塊泥沙的暗灰色都有。除了碎冰的聲音外，全船的人無不屏氣凝神，全心觀看眼前奇景。梓婷注意到遠處的浮冰上有許多咖啡色點狀物，從望遠鏡看去，才知道是一隻隻肥壯的海豹在冰塊上休憩。親眼看著野生動物在大自然的環境中自由的活動，內心有著奇妙的感動。這絕對與在動物園觀看動物是完全無法相比擬的感覺。

梓婷記得幼時曾在圓山動物園看到雙手抓著鐵欄杆，不斷搖頭晃腦的熊。她已經不記得牠是黑色還是棕色的熊，她只記得牠空洞的眼神，和奇怪的動作。從她進動物園看到牠，至她離開動物園的數小時中，這隻熊重複著搖頭的動作沒有停止過。長大後讀到馬克·貝考夫（Marc Bekoff）的著作「動物權與動物福利小百科」，才知道這種行為叫做「動物之刻板症」，它是一種警訊，表示個體與環境的抗衡出現了問題，特別發生在被囚禁於狹小鐵籠中的動物，牠們因為失去自由，生活品質惡劣而呈現出異常行為，這些動物長期忍受的是人類無法想像的苦痛。

而眼前這些海豹呵，圓圓晶亮的眼神，靈敏的動作，跳上浮冰，又從浮冰上滑下水裏，姿態矯捷，神情是活躍的。牠們隨時警覺，四處張望，一邊嬉鬧，一邊也要嚴防殺人鯨的偷襲。這也讓她想到莊子「養生主」篇的話語：

「澤雉十步一啄，百步一飲，不蘄畜乎樊中。神雖王，不善也。」

是啊，水澤裏的雞隻，在野外覓食很辛苦，但也不願意被畜養在牢籠裏，雖然被畜養是不用費心覓食的，卻不會快樂。

只有自由才是獲得快樂的基本條件。

梓婷的心飄得遠了。

浮冰越來越密集，空氣開始凝結。

郵輪此時以極緩慢的速度接近冰河，冰河以千軍萬馬的氣勢在眼前等候旅客們的朝聖之心。

數百年的歷史，仍然活躍著，緩慢流動的河流啊，以一年數十公尺到數百公尺的速度融解於河口下，等著人們來瞻仰。在此聖殿，人們仰望的是時光，是永恆，更是潔淨的信念，一份在大自然面前無法躲避的純粹。

當船停駁在素有「飛奔冰河」之稱的「哈柏冰河」旁時，船長以三百六十度的迴轉，讓左側及右側船艙的房客都能以最近的安全距離貼身感受那攝人的寒冰奇景。當看到十樓層高度的冰河正從冰牆上融解時，梓婷先見冰河碎裂激起浪花水煙，幾秒鐘後才傳來了似雷聲轟隆，她幾乎以為自己看到聲音的傳播路徑了。

梓婷有幸目睹冰河融解的壯觀景色，大自然的神奇壯麗已深映在她的腦海裏，成為心靈的寶藏。她知道有一天，這些都會化成她面對人生的力量，在她傷心，失意，憤怒，或甚至是走在人生的十字路口，她會聽見冰河融解的聲音，然後想起自己曾經那樣貼近時光的走道，見證著百年的流動，她的直覺就會復活。

她會明白該怎麼走。

33 直覺

梓婷帶著冰河的震撼回到房內，她躺在床上回想著裘蒂那天在餐廳流下的眼淚。

她很想問她到底聽見了什麼？

可是當裘蒂將貝殼放回梓婷的手掌心時，裘蒂深藍的眼睛是充滿熱度的，她明白裘蒂的淚水不是傷心的淚水，是很激動的，帶著感情的，好像心底的某一處被喚起。

梓婷知道這樣的感覺。

她記起有一年的聖誕節清晨，天一亮，她迫不急待的跑到客廳時，只見窗邊已掛滿了禮物，父親站在旁邊看著她驚喜尖叫，臉上有著溫柔的笑容，他充滿富足的表情，不是因為錢財，而完完全全是因為女兒的快樂。

梓婷只要回想起那個早晨的父親的笑容，她的視線便會模糊。

就是這種溫柔，豐富的情感，充塞在平淡無奇的生活中，滋養了生活的脈動。

裘蒂緊握著梓婷的手，離去時對她說：

「婷，謝謝妳的朋友，也謝謝妳。」

梓婷想再多說些什麼，卻覺得語言在此時似乎顯得多餘。

也許她們都需要時間來沉澱心中的憂歡。

裘蒂起身離座，並沒有想要多聊的意思，梓婷只好作罷，微笑目送她離開。等裘蒂走遠了，梓婷將桌上的貝殼放回手提袋內，一瞥眼，卻看到他正往餐廳的出口走去，她立刻起身，想要跟上他，但是他的步伐很快，梓婷正在猶豫著要不要開口叫喚他，一走到甲板時，突然就失去了他的身影，簡直像是瞬間消失。她正有些懊惱，才注意到前方有許多旅客聚集著，他們正在驚呼，似乎看到了什麼特別的東西。梓婷循聲望去，順著大家的手指望向遠方的海面，一頭座頭鯨竟出現在眼前。

座頭鯨，曾多次出現在她的夢裏。

座頭鯨有著美麗的蝴蝶狀尾鰭，游出水面時，背的弧線在海面上顯得巨大卻又極度優雅。梓婷聽著一位旅客在她身旁解說著，他說座頭鯨每次沉入海裏，到下一回浮出海面的時間平均約為八分鐘。至於牠下次會在哪兒浮現，沒有人能預知，所以只能眼觀四面，耐心等待。當座頭鯨一消失，旅客們便頻頻看著手錶開始計時。也有許多旅客對著後來才加入，不知狀況的其他客人解釋眼前這難得的奇景，彼此熱烈討論著這偶然的相遇。

甲板上是熱鬧的，成人們找回孩童時期對萬物的好奇與興奮。

生命何其華麗，汪洋中的故事激起了浪花水煙，讓旅者重溫神話，擁抱魔法。

對梓婷而言，接下來出現的狀況讓她終身難忘。她不知道自己為什麼會那麼做，好像風吹在草原上，蒲公英的種子就那樣自然而然的飄了起來，風吹往哪個方向，毛絨絨的種子就會落向那兒的土地上。

如果直覺是風，她就是那一粒種子。

梓婷在座頭鯨消失的那一刻時，直覺地閉上眼睛。她的腦海裏慢慢的浮現了牠的尾鰭，感受得到牠即將浮出水面的方向。她知道牠會在另一端出現，然後她移動腳步到甲板的另一邊。果然，熟悉的身影又再度出現，此時旅客們才匆匆忙忙的跑到梓婷的身邊，然後看著牠在大夥的驚歎聲中消失。

然後，海風再度吹起，冰冰涼涼的拂在臉龐，很多人的雙頰都凍得紅紅的，氣溫很低，大家的心卻都是熱呼呼的。

梓婷再度閉上眼睛，第二次她聽到微弱的歌聲，然後一樣感知到牠的方位，梓婷再次移動步伐，這次是往船尾的方向。她慢慢往船尾走，像磁針被吸往磁場，有八分鐘的時間供她想牠，也就有八分鐘的時間讓牠在梓婷的心裏歌唱。

就這樣，牠和梓婷重複著互相感應的遊戲，直到噴氣柱噴出晶瑩的水珠，直到牠消失在遙遠的海洋裏。

這一個鐘頭左右的邂逅，讓梓婷心底的問號開始模糊了。

她開始有一點明白這個細心又溫柔的龐然大物，曾經在深夜中安撫她的悲傷與孤獨。

牠在海洋裏唱著神秘的詩歌，與她有某一種的連結。

是什麼連結呢？

那一夜枕頭上紅印子突然出現在她的腦海中。

那看起來像血跡的印子到底是什麼？

34 揭密

郵輪的夜晚是充滿魅力的。

餐廳，酒吧，舞廳，劇院，各處有各處的節目進行著。沒有人需要擔心隔日會錯過早餐時間，因為永遠有填肚子的地方。狂歡後也不用擔心回去的路，電梯會帶著旅客安全的回到房間，路程只要三分鐘。想要聽歌，看舞，或單純的找個安靜的角落啜飲冰茶，移動的城市總會有適合當時心情的場所，讓旅客們銷磨光陰。

而光陰哪，在藍天大海中會變成一首無言的詩，標題是「不悔」。

梓婷看了一場百老匯歌劇秀，一邊哼著歌往五樓的酒吧走去。今天演唱的女歌手正搖著臀，唱著戴安娜羅絲的幾首成名歌曲，嗓音慵懶，唱的時候眼睛是閉著，似乎比聽眾都還沉醉在音樂裏。梓婷環顧四周，有幾桌客人很用心地聽著，邊品著雞尾酒，杯緣放著裝飾用的小紙傘，花花綠綠，開在暈黃的燈光下，增添了浪漫的氣息。好像如水的夜空已藉著女歌手的歌聲，鋪陳好了滿天星斗，凡人眼前唯一要做的便是傾聽。

只要傾聽，就可以聽出一生一世的愛情。

而剩下的客人來來往往，在吧台邊走動，一邊望著舞台，似乎還沒找到自己想要坐下來的地方。梓婷隨意聽了幾曲，試著放空腦袋，然而越是強求，越是得到反效果。她一直想到那天裘蒂的淚水，接著是座頭鯨與她的感應遊戲。紛至沓來的是一個接著一個的疑問，凝聚成一股強大的力量。這個力量開啟了她的眼界與識界，讓她如置身在宇宙的星雲團中，卻又因為過份晶亮而無法睜開眼睛看清楚。

在船上的這些天感覺好像過了數個月，但是有時候又覺得不過是數分鐘。像兒時聽過的故事，一位年輕的樵夫在樹林裏看到一羣老人下棋聊天，他好奇心起，前去一旁觀弈，沒想到等他看完回去拿斧頭時，斧柄竟已腐朽。他回到村上，驚覺人事已非，房子都變了樣，孩子也長大了。原來這些老者都是仙人，天上一日，人間數年，他這一耽擱，上千個日子已經過去。不過，這樵夫喝了仙人的瓊漿玉液，這使他身強體壯，長命百歲。梓婷覺得還好有後面這附帶的插曲，這個故事才不至於太過傷感。

梓婷在船上雖然不過數日，但會不會讓她變成一個老靈魂？

自己已經接近答案的邊緣了，她知道。

她走向窗邊，拉開窗簾，窗外一片黑暗，但可以看清楚幾許浪花，窗戶是冰涼的，可以想見室外一定很冷。梓婷拉上窗簾，回到床沿坐下，拿起桌上的貝殼，正想將貝殼放到耳旁，突然電話鈴聲響起。她起身，想也許是隔壁的裘蒂和艾力克邀她明天一起用餐或看表演吧。她拿起話筒，全身一陣顫動，電話的那一頭寂靜無聲，梓婷一愣，吁了口長氣，她知道他在電話的那一頭。她握著話筒的手在發抖，因為緊張，她知道接下來會是連結的源頭，她即將面對真象了嗎？

他終於要說話了嗎？

梓婷等著，慢慢的，她聽到了他的聲音。
他在唱歌，歌聲充滿著和平與喜樂。
座頭鯨的歌聲，聲波從遙遠的海洋傳遞到她的心底。
黑夜為此綻放光明，啟程至彩虹的另一端。
梓婷聽著聽著，流下淚來，雙手不停的顫抖。
他在跟她說一個故事，這個故事就發生在那一夜。

當電視播放著捕鯨船出發，當紀錄片中播放著人類如何將尖靶刺入他的心臟時，他的內心充滿了愁恨和悲傷。梓婷當時與正剛分手，一邊看著新聞中染紅的汪洋時，內心亦充滿了愁恨和悲傷，是這樣巨大的愁和悲，連接了兩個孤獨的靈魂。

流著血與淚的強烈情仇，穿越時空，星子黯淡，太陽的黑子在怒吼。

像火山般的岩漿，流入海中，卻造就了另一個生存的島嶼。

生與滅，結束和開始，陸地與海洋，黑暗與光明。

愛，與恨。

梓婷和他彼此感應著，像錯失在不同時空的兩個兒時友伴，曾經在樹下打著勾勾說永遠不要忘記對方，要寫信，要連絡，然後時間和空間還是發揮了隔離的作用。

他離開了屬於他的世界，卻也莫名其妙地被接引到梓婷的身邊。

他可以感受她對他的愛，他也感受得了梓婷內心的痛苦。

枕上的血跡是他的淚。藉由她的眼流下。

千萬年來在地球上生存的精神不能容許恨的感覺。

他迷失了。

他需要救贖。

在梓婷單純的感應中，他知道人們的無知和冷酷是完全個別的行為，他要忘卻恨。

愛，不能有恨。

梓婷聽得到他的聲音，感應到他的存在是無法解釋的第六感。只有她看得見他，在那一夜，他們便走在一起了。

話筒裏的歌聲傳入梓婷的靈魂裏，她的眼前有數百隻鯨豚在跳躍著，月光照射在粼粼的海面上，每隻鯨豚跳躍的姿勢都不相同，有的旋轉落下，有的直衝天際，座頭鯨的尾鰭依舊拍打出高高的浪花，數十隻殺人鯨飛躍在海面上，雙眼處和下顎的白色條紋像面具，黑白相間，冷艷動人。熱鬧的海洋世界，冷眼看著人類。

這顆藍色的星球啊。

35 救贖

日出時間—清晨3：57
日落時間—晚上9：42

梓婷醒來的時候，話筒還放在耳邊，但是對於昨天晚上發生的事情卻非常模糊，隱隱約約只記得夢中的海洋，其他的，她都沒有印象了。

然而她的心是被撫觸過的感覺，原本柔弱的，變為堅強。

連結的點是什麼已無關緊要，海洋裏依舊有神秘的詩歌在流傳，梓婷的命運已在上船的那一刻得到指引的方向。

前路漫漫，但她毫不畏懼，她的靈魂已充滿了能量與憧憬。

她知道這一切都和他有關，但是他從不曾說過話，她聽到的是什麼呢？座頭鯨的歌聲。

他的歌聲？

郵輪繼續在山水中航行，夕卡是造訪阿拉斯加的最後一站，即將為此行劃下句點，之後便往回程盪去。

夕卡並不是一個熱鬧的城市，但由於二百多年前，俄羅斯人曾在此建立總部，成立貿易中心，並與阿拉斯加原住民發生過二次激烈的血戰，於是夕卡成為阿拉斯加其中少數幾個可以追溯俄羅斯殖民時代的都城。聖馬可天主教堂裏藏有許多珍貴的聖畫像，各商店所賣商品也是極具風味，除了眾所皆知的俄羅斯套娃娃外，也有人稱作許願娃娃，還有水晶玻璃、各式望遠鏡、羊毛披肩、大衣、懷錶等傳統紀念品，和之前造訪的城市有不同的感受。幾乎所有的景點都在步行的範圍，梓婷捧著市街圖，享受夕卡的日光。北國的光有純潔的味道，未受污染的空氣給了光最完整的空間，灑到人們的身上都還留著八分鐘前，原始又淨麗的感覺。

一樣是逛街，卻是不一樣的心情了，離開夕卡的下一個停靠站就是溫哥華，一切終將回到原點。

離開阿拉斯加的土地後，下次再訪不知何年何月？

梓婷回首望著夕卡，看它在山霧雲林中對著旅者們微笑，像是樸素的老人，雖經風霜，但體壯身強。在遙遠的地球一角，日日粗布淡食，卻怡然自得。這些來自遠方的觀光客，匆匆來去，除了帶幾個許願娃娃，為此行劃上一美麗的註腳。阿拉斯加每個如夢似幻般的城鎮，會在日後什麼樣的情況下，悄悄的浮上心頭？

最後一艘接駁小艇即將出發，郵輪在招手了，所有乘客的視線都共同望著夕卡，距離夕陽西下還有一段很長的時間呢。雖然時間短暫，流目所見都在心裏，梓婷衷心盼望這裡不是世界上的最後一塊淨土，而是郵輪之旅所造訪的第一個世外桃源。

回到船上，梓婷到大廳聽樂團演奏，這個四人組成的室內樂團伴隨著梓婷渡過每日的黃昏時刻，韋瓦第，莫札特，貝多芬，跨越時空，藉著音樂家靈敏的手指再次復活。梓婷坐在舒適的沙發椅上，一邊聆聽樂曲，一邊看窗外的景色。有時風浪較大，海面浪潮飛舞，白色滔花中，細看竟點綴著數十隻棕色海鳥，時而展翅飛翔，更多時候似乎是坐在海面浪花頭上，享受這忽起忽落的天然搖籃。室內曲音飄揚，室外鳥兒嬉戲，無垠的視野擴展了心的距離，距離足以放下人世間的悲歡喜樂，不再有執著或禁錮。

梓婷想著此行帶給她的是什麼？

他嗎？

此刻的他在哪裏？

為什麼她完全感覺不到他的存在了呢？

直覺裏只剩下靜寂。

他已經暫時的離開這艘船上，她知道。

他已經留給她一種新的眼光，用這樣的眼光看世界可以消弭愁恨，看到的將會是她之前不曾注意過的細節。只有注意到細節，梓婷才有辦法將眼光放到世界的層面。

她記得有一次和筑妮在補習班附近的公園散步，那天跟著去的還有好幾個安親班的孩子。趁著天氣好，一夥人丟下書包，裝好水壺便往公園的方向衝去。這羣孩子像脫韁的野馬，沒法兒好好走路，一路蹦跳。到了公園後，所有的孩子立刻鳥獸散，三三兩兩各自找著有興趣的物事玩。梓婷和筑妮自然是一刻也不敢鬆懈地看著他們。

一會兒，筑妮示意梓婷往走道望去，只見平日最沉默，永遠坐在自己的位置上，沒有朋友，沒有人喜歡跟她玩的小琪，蹲在走道上，手裏拿著一片樹葉，正在挑起一條毛毛蟲。她挑起毛毛蟲後，小心翼翼的走向道旁的矮樹叢，然後將毛毛蟲連著樹葉一起放進樹叢中。可以想見她是怕誤闖步道的蟲兒會被人們給踩扁了，所以將牠移往安全的處所。

那是一個夕陽金光閃閃發亮的傍晚，隔日不用上課上班的美麗星期五。小琪的兩條辮子經過一整天在學校的晃盪，早已散得毛絨絨的，在陽光下更顯得溫柔。梓婷很少注意到小琪，她不在梓婷的班上，平常在補習班也不曾聽她發出過任何聲音。這個細節提醒了梓婷忽略的部份。

我們注意聲響，卻忘記沉默帶來了更多的訊息。

我們注意眼前巨大的影像，卻忽略了角落裏的身影。

他，在哪裏？這個部份重要嗎？

他是不是已經在這裏了？梓婷摸著自己的心口，深深地吸了一口氣。

船身晃盪，梓婷聽到海的呢喃。

36 告別

最後一天了，郵輪明日清晨將抵達溫哥華，清整補貨，準備接待下一批新的旅客，重新前往阿拉斯加。像一趟輪迴，送往迎來，似乎沒有回頭的機會。

梓婷約裘蒂和艾力克夫婦吃午餐，他們約在船尾的露天甲板吃漢堡薯條。天公作美，除了風，就是光，雲朵在海面製造了部份黑影，加上白色的浪花點綴在深藍的海面上，景緻便熱鬧了，梓婷一邊看著引擎在海上劃出V字型的圖案，一邊規律的呼吸。連呼吸都可以變成一件慎重的事情了。幾隻鷗鳥跟著船身飛上飛下，順著風，展著翅膀，毫不費力的迎風而舞。他們靜靜的享受美食和這樣美麗的用餐環境，穹蒼下，汪洋裏，有什麼語言可以表達對此行的感謝？

吃完午餐，艾力克點了一瓶啤酒，另外幫裘蒂和梓婷端上咖啡。裘蒂問道：

「回到溫哥華後，直接飛回台灣嗎？」

梓婷說：「是啊！應該要早點回去工作了。您們呢？」

裘蒂回答：「我們會在加拿大玩一個月後才回家，我們住的地方非常靠近加拿大邊境，離尼加拉瓜大瀑布只有兩個多小時的車程。」

艾力克接口說：「妳可以來美國找我們，我們帶妳去看大瀑布。」

梓婷聽了很開懷，她知道他們是誠心邀約她的，天涯若彼鄰，這場短暫的緣分讓她深深感受到這對老夫妻的熱情。

梓婷當然立刻答應，拿出筆記本寫下彼此的伊媚兒和住址電話，期待下次的聚首。

艾力克說：「妳可以帶男朋友來喔，我們會好好照顧你們的。」

梓婷笑了，她的心裏，好像已經被什麼給佔據了。

裘蒂似乎看出梓婷的心事，說道：

「有很多事情在當下是想不太明白的，需要時間的洗禮，順其自然。像我們這樣有聚就會有離，妳的朋友會出現，自然也會消失，不要給自己太大的壓力。」

梓婷心想，裘蒂怎麼知道他消失了呢？

這幾天她感受不到他的存在，除了前天一個模糊的夢境還是一通奇異的電話，她實在無法記得具體的事情。

她從手提包拿出貝殼，遞給裘蒂。裘蒂露出驚異的表情。

梓婷說：「我有兩個一模一樣的貝殼，送一個給你們。」

裘蒂接過，似乎很激動，說道：

「噢！婷，我不知道要如何表達我的感謝。」

艾力克看到裘蒂這樣高興，也跟著開心，說道：

「她每到一個地方就會買一個紀念品，看來這是她最喜愛的紀念品了。」

梓婷說道：「這是朋友送的，我相信他也會很高興你們擁有一個。」

裘蒂握住梓婷的手，說道：

「活到我這個年紀，像我之前告訴過妳的，我們的知識並不能解釋我們所有的生活經驗。艾力克前年心臟病發作，當時他一個人在家，我出去買東西，已經走到巷口了，離我們家有五分鐘以上的距離，突然聽到他在叫我，雖然實際上他沒有辦法發出任何聲音，我當然也沒有聽到他的聲音，可是他的呼喊卻是非常大聲的在我的腦海裏。我馬上衝回家，他已經倒在地上不省人事。還好立刻急救送醫，撿回這一條命。」

說到這兒，艾力克拍了拍裘蒂的手臂，說一句「好女孩！」，好像在嘉許她的行為，裘蒂微笑以對。只聽她繼續說道：

「婷，我可以感覺得到妳正在經驗一些奇異的事情，放開心懷去接受一切的經驗，沒有什麼事情是不可能的，只要妳心裏有著豐富的感情，這種無形的力量超乎我們人類能夠想像的，而只有經驗過的人才有這樣的體驗。妳這麼年輕便經歷了，我相信妳會有一個很美好的未來。」

梓婷聽著，鼻頭都酸了。

她瞭解裘蒂說的話，想起他，不禁又難過又高興，不知道能不能再看到他？

船繼續在軌道上航行，遠山近水，幽幽茫茫，山裏不時飛出幾隻大鷹，勇猛瀟灑地在高空中盤旋，鷹眼銳利，梓婷似乎可以感受到牠們的目光，那樣清楚明白，幾乎可以看透樹林裏的絲毫動靜。此時天空藍得徹底，沒有一點雲霧的影子。

梓婷看到藍天外的宇宙，還有數以萬計的銀河系。

她也聽到了海洋裏有鯨魚的歌聲。

裘蒂和艾力克起身，他們給梓婷一個結實的擁抱，梓婷忍住眼淚，彷彿這趟旅程有數年之久了，捨不得說再見，看著他們離去的背影，她終於還是流下了淚水。

37 無垠

回到頂樓的陽台小屋，一切都還是和她離開時一模一樣。雖然離開不到兩個星期，感覺卻已經像是在紅塵重新滾了一遭。小屋裏的床上零亂的散著衣物，臨行前匆忙打包似乎才是昨日的事。桌旁的明信片仍立在檯燈前，依舊是藍天大海，白色的郵輪在冰山前像一尊朝聖者，梓婷卻已經從那條道路上回來了。

她走到陽台，桌椅上滿滿一層灰，曾有的茶香與夜色隨著時間已漸淡去，梓婷不知道自己還會不會坐在這兒品茗喝咖啡，望著前方的黑暗，想著海的溫度和無邊無際的視野。

梓婷在床邊坐下，眼前的電視螢幕反映著梓婷灰黑的身影，那一夜的景象又回到她的眼前，她拿起枕頭，紅色的點已被洗得淡去，微微的粉色像花瓣兒在風中輕搖。梓婷親吻著花瓣兒，感受到所有的日子都將擲在浩渺的大洋中，最後再化為水氣。

水氣升天，成雲，降雨，回歸大海。

他的出現帶給她一段難忘的經驗，即使離開郵輪前她沒有再看見他，她卻聽到了他的聲音。當郵輪停靠在溫哥華港口時，梓婷站在甲板上，站在第一次看到他的地方，將貝殼貼在耳旁，眼望港口，一邊是無垠的大海，一邊卻已是碼頭的人車來往。海潮聲在她的耳邊響起，像一首詩，唱進她的心裏像一首詩。

聲音喚起了那一夜話筒中的記憶，原來這一切的相遇都是注定。他們用淚水洗淨了彼此的悲傷，重新面對的是生生不息的生命。

在沒有遇到正剛之前，梓婷粗心地過著平淡的生活。有了正剛和筑妮，生活變得有些味道了。有時甜，有時酸，甚至不少苦的味道，然而畢竟像一個可以咀嚼的餐餚，不至於食不下嚥。

而阿拉斯加啊，那兩岸朦朧的山水，晶亮的月光，他的手溫傳來心中的熱淚，那一只貝殼帶著她走向時空的交接點，在那裏，她終於有了放下的感覺。

天地如此寬廣，平靜的海面下有救贖的波紋在盪漾。

梓婷起身，將貝殼放在床邊的桌上，和明信片放在一起，然後打開行李箱，準備好好整理家裏。她將所有的窗戶打開，讓陽光和清風可以自由地進出在這狹小又寬廣的天地。

一隻金龜子倒翻著身子在窗台上掙扎，梓婷拿著紙片輕輕地將牠翻正，牠有一對鮮綠發亮的翅膀，真是漂亮，梓婷讚嘆著。牠走沒幾步便往陽台飛去了，看著讓人驚喜。

梓婷望著牠飛去的方向，臉上帶著微笑。

38 原點

半年後的某一天傍晚，十二月，深冬。這一波寒流帶來豐富的水氣，到處溼漉漉的。數學老師小陳坐在櫃台，雙手握著鋼杯取暖，不小心將茶包的棉繩和標籤滑落到杯裏，他低聲罵了一句，不耐煩地拿起桌上的原子筆蓋，勾出標籤，雙手拉住棉繩，一滴茶水滴落在桌上，剛好落在教學日誌上。他趕緊放下鋼杯，衝到洗手間，抽出幾張衛生紙來擦水漬。因為衝太快，右腳還不小心勾到椅角，弄倒了椅子，搞得他一時間手忙腳亂，不明白怎麼泡一杯熱茶可以衍生出那麼多的後遺症。

自從梓婷辦理離職停薪後，班主任便將教學組長的位置讓小陳頂著，另給他加班津貼。除了原有帶班的課程，他每天還得檢查其他教師們的課程報告。今天是週六，所有課程都結束了，小陳自己待在辦公室，想將文書方面的工作處理好再回去，這樣週一可以不用提早來上班。雖然是週末，還是單身的他，自然也沒有什麼要趕回家的理由。

正當他終於清整乾淨，重新坐下時，突然覺得很疲憊。桌面的玻璃墊下還放著梓婷寫的字條，上面有教育局，國稅局，消防局的電話號碼。補習班嘛，少不了要跟這些單位打交道。她的字體清秀細緻，和她的人有一點不一樣。說不出哪兒不一樣，也許是少了點溫柔的感覺吧，至少對小陳而言。他想起梓婷，半年來沒有她的音訊，讓他很失望。畢竟他曾經追求過她，即使只有那唯一的一次約會，難道沒有一點兒感情嗎？還好的是，並不是只有他不知道梓婷的下落，補習班沒有任何人知道。同事間偶而互相詢問，也沒下文。連班主任都還問小陳，知不知道梓婷何時可以回來工作？小陳一邊想著，一邊起身，回家吧，他告訴自己。天氣這麼冷，先去吃個麻辣鍋再回家，就不用開伙了。他的租處和梓婷相距不遠。原以為近水樓台，沒想到人算不如天算，她居然出國玩到不知下落，也算她狠心。

小陳拿起背包，按下鐵捲門，在門緩緩落下時，手腳俐落的走出補習班，卻看到門口玻璃門邊放著一個淡藍色的信封，仔細地插在細縫中，應該是要給補習班的。他順手拾起，居然有點重量，似乎裏面放了什麼東西，他將信封暫時塞在口袋裏。

小陳等鐵門落下，背好背包，邊走邊拿出信封。封面無字，封口只是淺淺地黏貼著。他打開來，抽出白色的信紙，信紙上打著工整的標楷體字型。小陳讀了第一行便停下步伐，一時間手腳冰冷。

內附兩把鑰匙，麻煩轉交給楊梓婷的房東。租約至十二月底。屋內都收拾乾淨了，租金已從押金中扣除，一切付清。謝謝。

信紙的最後有房東詳細的地址和電話。小陳從信封內倒出鑰匙，兩支串在一起，看起來是一樣的。他將信再讀了幾次後，連同鑰匙放回信封，再塞進口袋裏。

氣溫更低了。小陳深深的吸了一口氣，抬頭看天，雲層厚重，黑暗覆蓋下的人間卻是燈火輝煌。眼前的大路兩旁都是餐館和商店，麻辣鍋店的招牌還有煙形的霓紅燈管，遠遠就可以看到熱煙裊裊，讓人幾乎忘了那不過是一種幻象。

曾經和梓婷來過的義大利餐館，門口已經有人在排隊。小陳看到門口的聖誕樹亮光閃閃，全是金黃色的燈泡，少了七彩的光，反而更亮麗，獨樹一幟。他猛然想起聖誕節果真快到了。今年該送禮物給誰呢？

小陳經過了麻辣鍋店，經過了義大利餐館，經過了便利超商，他一路走著走著，雨又開始飄下來了。

男人的愛
不是女人唯一的救贖

釀小說29 PG0928

男人的愛不是女人唯一的救贖

作　　者　谷　梅
責任編輯　林千惠
圖文排版　彭君如
封面設計　王嵩賀

出版策劃　釀出版
製作發行　秀威資訊科技股份有限公司
114 台北市內湖區瑞光路76巷65號1樓
電話：+886-2-2796-3638　傳真：+886-2-2796-1377
服務信箱：service@showwe.com.tw
http://www.showwe.com.tw
郵政劃撥　19563868　戶名：秀威資訊科技股份有限公司
展售門市　國家書店【松江門市】
104 台北市中山區松江路209號1樓
電話：+886-2-2518-0207　傳真：+886-2-2518-0778
網路訂購　秀威網路書店：http://www.bodbooks.com.tw
國家網路書店：http://www.govbooks.com.tw
法律顧問　毛國樑　律師
總 經 銷　聯合發行股份有限公司
231新北市新店區寶橋路235巷6弄6號4F
電話：+886-2-2917-8022　傳真：+886-2-2915-6275

出版日期　2013年6月　BOD一版
定　　價　250元

Printed in Taiwan

國家圖書館出版品預行編目

男人的愛不是女人唯一的救贖 / 谷梅著. -- 一版. -- 臺北
市：釀出版, 2013.06
面； 公分
BOD版
ISBN 978-986-5871-44-4 (平裝)

857.7 102006985

讀者回函卡

感謝您購買本書，為提升服務品質，請填妥以下資料，將讀者回函卡直接寄回或傳真本公司，收到您的寶貴意見後，我們會收藏記錄及檢討，謝謝！

如您需要了解本公司最新出版書目、購書優惠或企劃活動，歡迎您上網查詢或下載相關資料：http:// www.showwe.com.tw

您購買的書名：______________________________

出生日期：________年________月________日

學歷：□高中（含）以下　□大專　□研究所（含）以上

職業：□製造業　□金融業　□資訊業　□軍警　□傳播業　□自由業

□服務業　□公務員　□教職　□學生　□家管　□其它____

購書地點：□網路書店　□實體書店　□書展　□郵購　□贈閱　□其他

您從何得知本書的消息？

□網路書店　□實體書店　□網路搜尋　□電子報　□書訊　□雜誌

□傳播媒體　□親友推薦　□網站推薦　□部落格　□其他__________

您對本書的評價：（請填代號　1.非常滿意　2.滿意　3.尚可　4.再改進）

封面設計____　版面編排____　內容____　文／譯筆____　價格____

讀完書後您覺得：

□很有收穫　□有收穫　□收穫不多　□沒收穫

對我們的建議：______________________________

____

____

____

請貼
郵票

11466
台北市內湖區瑞光路 76 巷 65 號 1 樓

秀威資訊科技股份有限公司 收

BOD 數位出版事業部

....

（請沿線對折寄回，謝謝！）

姓　　名：＿＿＿＿＿＿＿＿ 年齡：＿＿＿＿ 性別：□女　□男

郵遞區號：□□□□□

地　　址：＿＿＿＿＿＿＿＿＿＿＿＿＿＿＿＿＿＿

聯絡電話：（日）＿＿＿＿＿＿＿＿（夜）＿＿＿＿＿＿＿＿

E-mail：＿＿＿＿＿＿＿＿＿＿＿＿＿＿＿＿＿＿